आचार्य चतुरसेन शास्त्री का जन्म 26 अगस्त 1891 में उत्तर प्रदेश के बुलंदशहर के पास चंदोख नामक गांव में हुआ था। सिकंदराबाद में स्कूल की पढ़ाई खत्म करने के बाद उन्होंने संस्कृत कालेज, जयपुर में दाखिला लिया और वहीं उन्होंने 1915 में आयुर्वेद में 'आयुर्वेदाचार्य' और संस्कृत में 'शास्त्री' की उपाधि प्राप्त की। आयुर्वेदाचार्य की एक अन्य उपाधि उन्होंने आयुर्वेद विद्यापीठ से भी प्राप्त की। फिर 1917 में लाहौर में डी.ए.वी. कॉलेज में आयुर्वेद के वरिष्ठ प्रोफेसर बने। उसके बाद वे दिल्ली में बस गए और आयुर्वेद चिकित्सा की अपनी डिस्पेंसरी खोली। 1918 में उनकी पहली पुस्तक *हृदय की परख* प्रकाशित हुई और उसके बाद पुस्तकें लिखने का सिलसिला बराबर चलता रहा। अपने जीवन में उन्होंने अनेक ऐतिहासिक और सामाजिक उपन्यास, कहानियों की रचना करने के साथ आयुर्वेद पर आधारित स्वास्थ्य और यौन संबंधी कई पुस्तकें लिखीं। 2 फरवरी, 1960 में 68 वर्ष की उम्र में बहुविध प्रतिभा के धनी लेखक का देहांत हो गया, लेकिन उनकी रचनाएं आज भी पाठकों में बहुत लोकप्रिय हैं।

अनबल

आचार्य चतुरसेन

ISBN : 978-93-5064-220-7

प्रथम राजपाल संस्करण : 2014 © आचार्य चतुरसेन
ANNBANN (Health & Fitness) by Acharya Chatursen

राजपाल एण्ड सन्ज़

1590, मदरसा रोड, कश्मीरी गेट-दिल्ली-110006
फोन: 011-23869812, 23865483, फैक्स: 011-23867791
website : www.rajpalpublishing.com
e-mail : sales@rajpalpublishing.com

भूमिका

यह एक अत्यन्त महत्त्वपूर्ण मुद्दे की बात है कि दाम्पत्य जीवन के दो बन्धन हैं। एक पति-पत्नी का, दूसरा स्त्री और पुरुष का। दोनों सम्बन्धों का पृथक् अस्तित्व है, पृथक् सीमाएँ हैं, पृथक् विज्ञान हैं, पृथक् आकांक्षाएँ और माँगें हैं। आज के सभ्य युग का दिन-दिन गम्भीर होता हुआ प्रश्न दाम्पत्य जीवन की अशान्ति है। विवाह होने के तुरन्त बाद ही पति-पत्नी में 'अनबन' रहने लगती है और कभी-कभी वह घातक परिणाम लाती है तथा आजीवन लम्बी खिंच जाती है। समाजशास्त्रियों ने इस प्रश्न पर विचार किया है और बहुत ग्रन्थ लिखे हैं। पर, पति-पत्नी और स्त्री-पुरुष ये दोनों पृथक् तत्व हैं, इन बातों पर प्रायः विचार नहीं किया गया है।

यह सच है कि विवाह हो जाने के बाद स्त्री-पुरुष के बीच पति-पत्नी का सम्बन्ध हो जाता है और यह सम्बन्ध सामाजिक है। विवाह होते ही मनुष्य समाज का एक अनिवार्य अंग बन जाता है। उसे घर-बार, सामान और गृहस्थी की अनेक वस्तुओं को जुटाना पड़ता है। पति-पत्नी मिल-जुलकर गृहस्थी की गाड़ी चलाते हैं।

मनुष्य अमीर भी है और गरीब भी। गरीब पति के साथ रहकर पत्नी अपने को उसी परिस्थिति के अनुकूल बना लेती है और उतने ही में अपनी गृहस्थी घसीट ले जाती है, जितना पति कमाता है। मैंने इस सम्बन्ध में पत्नियों के असीम धैर्य और सहिष्णुता को देखा है। वे आप ठंठा-बासी, रूखा-सूखा खाती, उपवास करती, कष्ट भोगती और पति व बच्चों को अच्छा खिलाती-पिलाती तथा सेवा करती हैं। बहुत कम स्त्रियाँ घर-गृहस्थी के अभावों के कारण पति से लड़ती और असन्तुष्ट रहती हैं। सदैव ही इस मामले में उनका धैर्य और सहनशीलता प्रशंसनीय रहती है।

परन्तु स्त्री-पुरुष का सम्बन्ध सामाजिक नहीं–भौतिक है। भिन्न लिंगी होने के कारण दोनों को दोनों की भूख है, दोनों-दोनों के लिए पूरक हैं। दोनों को दोनों की भूख तृप्त करनी होती है। इसमें एक यदि दूसरे की भूख को तृप्त करने में असफल या असमर्थ रहता है–तो स्त्री चाहे जितनी असीम धैर्य वाली होगी, पति को क्षमा नहीं कर सकती और एक असह्य अनबन का इससे जन्म होता है। साथ ही घातक रोगों की उत्पत्ति भी। इन कारणों से पुरुष की अपेक्षा स्त्री ही अधिक रोगों का शिकार होती है, क्योंकि वह लज्जा और शील के बोझ से दबी हुई अपनी भूख की पीड़ा को जहाँ तक सम्भव होता है–सहती है। जब नहीं सही जाती तो रोग-शोक-क्षोभ, और दारुण दुखदाई 'अनबन' और कलह में परिणत हो जाती है।

इस पुस्तक में कुछ पत्र और उनका समाधान है। निस्संदेह मुझे भाषा खोलकर लिखनी पड़ी है। मोटी दृष्टि से ऐसी भाषा को कुछ लोग अश्लील कह सकते हैं, परन्तु वही–जिन्हें इस विषय के दुखदाई अनुभव नहीं हैं। भुक्त भोगियों के लिए मेरी यह पुस्तक बहुत राहत पहुँचावेगी। क्योंकि इस पुस्तक में जिन संकेतों पर चर्चा की गई है–उनसे करोड़ों मनुष्यों के सुख-दुःख का सम्बन्ध है।

आज के युग का सभ्य तरुण लम्पट नहीं रहा है। वह अपनी पत्नी में स्थायी प्रेम की चाहना करता है। वास्तव में प्रेम एक शाश्वत और जीवन से भी अधिक स्थायी है। मैंने खूब बारीकी से देखा है कि परस्पर प्रेम रखने की उत्सुकता रखने वाले पति-पत्नियों के अन्तःकरण में एक छिपी हुई व्याकुल भावना होती है और वे कभी-कभी यह अनुभव करते हैं–कि कोई ऐसी बात है; जो अन्त में हमारे प्रेम और आकर्षण को नष्ट कर डालेगी। मैं जानता हूँ कि प्रकृति का क्रूर और अटल नियम अवश्य अपना काम करेगा, और यदि ऐसे कोई कारण हैं तो पति-पत्नी का प्रेम ज़रूर घट जाएगा; फिर वे चाहे जैसे धनी-मानी-सम्पन्न और स्वस्थ ही क्यों न हों।

पति-पत्नी के कलह और लड़ाई-झगड़े की बातों को लेकर साहित्यकार कथा-कहानियाँ लिखते हैं, पर वे कामशास्त्री नहीं हैं, इससे वे मुद्दे की बात नहीं जानते। वे इस झगड़े की तह में केवल सामाजिक कारण ही देखते और उन्हीं का चित्र खींचते हैं, जो वास्तव में मूलतः असत्य है।

साधारणतया बहुत लोगों की ऐसी धारणा है कि पति-पत्नी में प्रेम

और आकर्षण सदा एक-सा नहीं बना रह सकता। एक दिन उसका नष्ट होना अनिवार्य ही है। परन्तु ऐसा समझना और कहना 'विवाह' की मर्यादा को नष्ट करना है।

वास्तव में यह सत्य नहीं है। मेरा यह कहना है कि यदि काम तत्व को ठीक-ठीक शरीर में पूर्णायु तक मर्यादित रखा जाय तो जीवन एक सफल और सुखी परिणाम में समाप्त होगा।

'सम्भोग' वह महत्त्वपूर्ण एवं प्रकृत क्रिया है, जो स्त्रीत्व और पुरुषत्व की पारम्परिक भूख को तृप्त करती है। सच पूछा जाय तो यही एक प्रधान कार्य है; जिसके लिए स्त्री-पुरुष का जोड़ा मिलाया जाता है। मैं यहाँ हिन्दू विवाह पद्धति पर विचार नहीं करूँगा, जिसका उद्देश्य पति की सम्पत्ति का उत्तराधिकारी पुत्र उत्पन्न करना है। यह विवाह नहीं—एक घोर कुरीति है, जिसने स्त्री के सम्पूर्ण अधिकारों और प्राप्तव्यों का अपहरण कर लिया है। परन्तु मैं तो केवल 'सम्भोग' ही को महत्त्व देता हूँ। और इस पुस्तक में उसी की महिमा का वैज्ञानिक बखान है।

आम तौर पर लोगों की यह धारणा है—कि सम्भोग के बाद पुरुष कुछ कमजोर हो जाता है, और कुछ समय के लिए वह स्त्री से मुँह फेर लेता है, उसे स्त्री से घृणा हो जाती है तथा उसकी यह विरक्ति उस समय तक कायम रहती है; जब तक कि दुबारा कामोत्तेजना की आग उसमें न धधक उठे।

दूसरे शब्दों में यदि इस विचार को वैज्ञानिक रूप दिया जाय तो ऐसा कहना पड़ेगा कि स्त्री-पुरुष के सम्भोग के बाद पुरुष की उत्सुकता और जीवनी शक्ति घट जाती है तथा उसकी कुछ न कुछ शक्ति इस काम में खर्च हो जाती है। जिसकी पूर्ति उसे बाहर से करनी पड़ती है। इसका अभिप्राय यह हुआ, कि सम्भोग क्रिया से मनुष्य की शक्ति बढ़ती नहीं—प्रत्युत अस्थायी रूप से घटती है। भले ही उसने यह सम्भोग प्रचण्ड कामवासना से प्रेरित होकर या शरीर की स्वाभाविक भूख से तड़पकर ही क्यों न किया हो।

परन्तु मैं सब लोगों की इस बात को अस्वीकार करता हूँ। मेरा स्थिर रूप से कहना यह है—कि बड़ी उम्र तक भी यदि स्त्री-पुरुषों में स्वाभाविक सम्भोग शक्ति कायम रहे तो वे दोनों चाहे जिस भी विषम सामाजिक अवस्था में, अखण्ड रूप से अक्षय सुख और अनुराग के गहरे रस का ऐसा परमानन्द—

ज्यों-ज्यों उनकी उम्र बढ़ती जाएगी, प्राप्त करते जाएँगे—जिसकी समता संसार के किसी सुख और आनन्द से नहीं की जा सकती।

जो लोग स्त्रियों को घर के काम-काज करने वाली दासी या बच्चे पैदा करने वाली मशीन समझते हैं, वे मेरी इस महामूल्यवान् बात को नहीं समझेंगे। पर मैं यह फिर कहना चाहता हूँ कि सम्भोग-विधि को जो ठीक-ठीक जानता है, उसे वह उदासी और विरक्ति—जिसका आभास लाखों-करोड़ों रति-रहस्य के सच्चे ज्ञान से रहित पुरुष अनुभव करते हैं—कदापि अनुभव न करेगा। और मेरे इस कथन की सत्यता उसे प्रमाणित हो जाएगी, कि विरति और उदासी सच्चे सम्भोग का परिणाम नहीं। सच्चे सम्भोग का परिणाम आनन्द और स्फूर्ति है।

उपर्युक्त भ्रामक धारणा ने पति-पत्नी के सम्बन्धों का बहुत कुछ आनन्द छीन लिया है और स्त्रियों का महत्त्व बहुत कम हो गया है। वे केवल पुरुष की सामाजिक साझीदार बन गई हैं, और उनका जीवन आनन्द से परिपूर्ण नहीं है, गृहस्थी और बाल-बच्चों का बोझा ढोने वाली गदही के समान हो गया है। मैं सारे संसार के पशु-पक्षी, कीट-पतंगों की नर-मादाओं को जब आनन्द से प्रेम-विलास करते और स्त्रियों को आँसुओं से गीली आँखों सिसकते हुए घर के काम-धन्धों में पिसते देखता हूँ, तो मैं मनुष्य के दुर्भाग्य पर, उसकी मूर्खता पर, हाय करके रह जाता हूँ। क्योंकि उसने अपनी जोड़ी का आनन्दमय जीवन अपने ही लिए भार रूप बना लिया है।

मैं आप से फिर कहता हूँ कि स्थिर गृहस्थ जीवन, अक्षय और स्थायी प्रेम, गहरी आन्तरिक एकता तथा आनन्द का पारस्परिक समान आदान-प्रदान, इससे बढ़ कर संसार में दूसरी कोई न्यामत नहीं है। सात बादशाहत भी इसके सामने हेच हैं।

हमारे जीवन की सफलता शरीर-मन और आत्मा, इन तीन वस्तुओं की तृप्ति पर निर्भर है। इनके प्रयोजनों और आवश्यकताओं की राह पेचीदी अवश्य है, परन्तु अत्यन्त व्यवस्थित है।

इस छोटी-सी पुस्तक में मैंने आपस में उलझी हुई उन तीनों चीज़ों की गुत्थियाँ सुलझाने की चेष्टा की है। अब यह आप का काम है कि आप इससे जितना चाहें लाभ उठाएँ।

स्त्री और पुरुषों की जननेन्द्रियों में साम्य हुए बिना स्त्री और पुरुष के प्रेम का चरम उत्कर्ष उस प्रचण्ड हर्षोन्माद को उत्पन्न नहीं कर सकता, जिसमें

प्रेम को अखण्ड करने की सामर्थ्य है। जहाँ स्त्री-पुरुष में शारीरिक साम्य नहीं है; वहाँ सदैव कठिनाइयों के बढ़ जाने का भय ही भय है। कामशास्त्रियों ने इन बातों पर विचार किया है। स्त्री-पुरुषों को उचित है कि ऐसी अवस्था होने पर उस विषय में ध्यान दें तथा यथोचित रीतियों से इस वैषम्य को दूर करें, और सम्भोग-क्रिया को सुखकर और फलदायक बनाएँ।

मैं यहाँ एक अत्यन्त गम्भीर तथ्य की ओर आप का ध्यान आकर्षित करता हूँ। वह यह—कि यह युग जिसमें हम जीवित हैं—संसार के इतिहास में पहला युग है, जब कि मानव-समाज सामूहिक रूप से ऐसे मानसिक धरातल पर पहुँचा है जिसने वह परिस्थिति उत्पन्न कर दी है—जिसमें स्त्री-पुरुष के सम्बन्धों में प्रेम-परिणय की चरम प्रधानता हो गई है। यदि आप सामन्तकालीन बातों पर विचार करें, जहाँ कन्यायें बलात् हरण की जाती थीं तथा जहाँ प्रायः शत्रु-कन्या को प्रेयसी का पद उसके माता-पिता, परिजनों को मार कर दिया जाता था। यदि हम विचार करें तो देख सकते हैं कि आज जिन कारणों से पति-पत्नी में प्रेम स्थापित होता है, वे उन कारणों से बिल्कुल भिन्न हैं, जो प्राचीन काल में प्रचलित थे। इस युग में स्त्री-पुरुष के बीच जब तक गहरी एकता और प्रेम के भाव—जिनमें सम्मान भी सम्मिलित है, नहीं हो जाते—तब तक स्त्री-पुरुष का वह सम्बन्ध सुखकर नहीं हो सकता।

शारीरिक, मानसिक और आत्मिक, तीनों ही मूलाधारों पर स्त्री-पुरुषों का संयोग सम्बन्ध होना चाहिए। 'सम्भोग' में तो पशु और मनुष्य समान ही हैं। उसमें जब स्त्री-पुरुष दोनों का प्रगाढ़ प्रेम गहरी एकता उत्पन्न कर देता है, तब सम्भोग गौण और प्रेम मुख्य भूमिका बन जाता है तथा जीवन में अनिर्वचनीय आनन्द और तृप्ति प्रदान करता है। परन्तु यह प्रेम साधारण नहीं। शारीरिक, मानसिक और आध्यात्मिक सम्पूर्ण चेतनाओं से ओत-प्रोत होना चाहिए।

इसके लिए हमें पुरानी परम्परा के विचार बदलने पड़ेंगे। स्त्रियाँ हमारी आश्रित, कमज़ोर और असहाय हैं, वे हमारी सम्पत्ति हैं, हम उनके स्वामी हैं, कर्ता-धर्ता हैं, पूज्य परमेश्वर हैं, पतिदेव हैं, ये सारे पुराने विचार न केवल हमें ही त्याग देने चाहिए, अपितु हमें स्त्रियों के मस्तिष्क में से भी दूर कर देने चाहिए। तभी दोनों में परस्पर सम्मानपूर्वक गहरी एकता—जो प्रगाढ़ और सच्चे प्रेम की पराकाष्ठा है—उत्पन्न होगी।

यह बात आपको माननी होगी कि विवाह-सम्बन्ध दूसरे सब सम्बन्धों से निराला है। लोग समझते हैं कि विवाह करके हम गृहस्थी बसाते हैं। इसका आदर्श साधारणतया लोग इन अर्थों में लगाते हैं, कि दम्पति आनन्दपूर्वक मिलकर अपनी घर-गृहस्थी की व्यवस्था चलाएँ। कहानी-नाटक-उपन्यासकार भी प्रायः यही अपना ध्येय रखते हैं। एक सफल और सुखी-सुव्यवस्थित गृहस्थ को वे आदर्श मानते हैं। पर मेरा कहना यह है, कि पति-पत्नी के सम्बन्ध में घर का कुछ भी सम्बन्ध नहीं है। विवाह का मूलाधार 'हृदय' है, 'घर' नहीं।

संक्षेप में, वैवाहिक जीवन में स्थायी सुख और उत्तम स्वास्थ्य पति-पत्नी के सम सम्भोग पर निर्भर है। विषम अवस्थाओं में युक्ति और यत्न से 'समरत' बनाया जाना ही चाहिए। जहाँ सम्भोग की क्रिया ठीक-ठीक है, वहाँ दम्पति के बीच दूसरे मामलों में चाहे जैसा भी मतभेद हो, चाहे दुनिया भर की हर बात पर उनके विचार एक दूसरे से न मिलते हों, फिर भी वहाँ खीझ, चिड़चिड़ापन और क्रोध के दर्शन नहीं होंगे। न उनमें एक दूसरे से अलग होने के विचार ही उत्पन्न होंगे। वे एक दूसरे के मतभेदों का मजाक उड़ाने का आनन्द प्राप्त करेंगे।

परन्तु यदि उनमें परस्पर सम्भोग क्रिया ठीक-ठीक नहीं चलती है या सम्भोग के आधारभूत नियमों को वे नहीं जानते हैं, तो फिर उनके स्वभाव, आदत, विचार, चाहे जितने मिलते हों, संसार की सारी बातों में वे एक मत हों, तो भी उससे कुछ लाभ न होगा। उनके मन एक दूसरे से फट जाएँगे और एक दूसरे से दूर रहने की तीव्र लालसा उन्हें चैन न लेने देगी।

—चतुरसेन

ज्ञानधाम
शाहदरा, दिल्ली

अनबन

पहला-पत्र

''बड़ी विचित्र बात है। मेरी पत्नी प्रतिदिन प्रातःकाल ज्यों ही नया अखबार आता है झपटकर उठा लेती है। मुझसे पहिले अखबार पढ़ने का उसका नित्य नियम हो गया है, परन्तु उसका पढ़ना तीन-चार मिनट में ही समाप्त हो जाता है। वह वास्तव में विवाह-विज्ञापन पढ़ती है। केवल विवाह-विज्ञापन और फिर पत्र को एक ओर फेंक कर गहरे सोच में कोच पर पाँव सिकोड़कर बैठ जाती है। इस समय बातचीत, छेड़-छाड़ वह बिल्कुल बर्दाश्त नहीं कर सकती, खीझ जाती है या उठकर चली जाती है। अभी हमारा विवाह हुए कुल सात मास हुए हैं। विवाह के दो मास बाद ही उसकी यह आदत हो गई थी, और तभी से हमारे दाम्पत्य जीवन के सब सुप्रभात ठण्डे, नीरस और रूखे हो गए हैं। वह कभी मेरे साथ चाय नहीं पीती। नौकर चाय रखकर चला जाता है, मैं प्यार और नर्मी के साथ कहता हूँ—'विमल, आओ चाय पियो। अपने हाथ से एक प्याला बनाकर मुझ दो' तो वह चुपचाप या तो छत पर सरसर चलते पंखे को अनिमेष दृष्टि से देखती रहती है या खिड़की के बाहर शून्य आकाश को सूनी दृष्टि से। जैसे मेरी बात उसके कान तक पहुँची ही न हो। दुबारा कहने का मुझे साहस नहीं होता, कहने पर वह तिनक कर, उठकर चल देती है। अपने कमरे में जा, भीतर से द्वार बन्द कर घण्टों पड़ी रोती रहती है। उस दिन मुझे चाय फेंक देनी पड़ती है तथा

भूखे ही दफ्तर जाना पड़ता है।

इधर कुछ दिनों से मैं यह सब सह गया हूँ। अब मैं इसकी अधिक परवाह नहीं करता। बीच में दो-चार बार ऐसा भी हुआ कि मुझे गुस्सा आ गया, मैंने बकझक भी की। चाय का सेट टेबुल पर से नीचे ढकेल दिया। पर ऐसी दशा में वह सदा सूनी और उदास दृष्टि से मेरी ओर देखती रही, एक शब्द भी बोली नहीं। मैं भूखा-प्यासा उठकर बाहर चल दिया, दिन भर भटकता रहा, तो भी उसने मुझसे कुछ नहीं पूछा। मेरे ऊपर सदय नहीं हुई।

यों वह घर के कामकाज में बड़ी चतुर है, निरालस्य है, सुरुचि सम्पन्न है। पिता उसके सेशन जज हैं, भाई एडवोकेट जनरल हैं, माता ग्रेजुएट हैं, उसने भी बी.ए. आनर्स पास किया है। संगीत और चित्रकला में उसकी ऊँची गति है, उसका कण्ठ स्वर अति कोमल और करुण है। व्यवहार उसका सौम्य है। मुझसे वह लड़ती नहीं। कभी गुस्सा भी नहीं करती। घर के कामकाज में असावधान भी नहीं, परन्तु प्रतिदिन प्रातःकाल उसका मुँह बिगड़ा रहता है। यदि उसे छेड़ा न जाय तो मैं जब तक चाय पीता रहता हूँ; वह उसी भाँति गुमसुम बैठी रहती है, फिर एक दीर्घ निःश्वास लेकर उठकर रसोई में चली जाती है। रसोई वह स्वयं बनाती है। रसोई बनाने, वक्त से खिलाने, मेरे स्नान-वस्त्र और आवश्यकता के सब सामान यथास्थान यथासमय रखने में वह कभी चूकती नहीं। पास-पड़ोस की स्त्रियों से, आने-जाने वालों से—वह अच्छे शिष्टाचार से बातचीत करती है। हँसती-बोलती है, चुहल करती है, परन्तु मेरे सामने कभी नहीं हँसती। मुझे देखते ही जैसे उसके तन-मन पर दल-बादल छा जाते हैं। एक भय, एक आशंका, एक प्रतिक्रिया के से भाव मुझे देखते ही उसके चेहरे पर छा जाते हैं। बहुत ज़ब्र करता हूँ, मन को रोकता हूँ, परन्तु कभी-कभी गुस्सा चढ़ आता है, बकझक कर लेता हूँ। कभी-कभी तो तबीयत होती है कि इस औरत को गोली मार दूँ या सोती हुई का गला घोंट दूँ। बात लज्जाजनक ज़रूर है, पर मैं आपके सामने स्वीकार करता हूँ कि एक-दो बार मैं

उस पर हाथ भी चला बैठा हूँ। आप मुझे पशु, नर-पशु भी कह सकते हैं। परन्तु साहब, आखिर धैर्य की भी एक सीमा होती है। इस औरत को ब्याह कर मैंने अपनी ज़िन्दगी बर्बाद कर ली। बहुत बार मन हुआ कि ज़हर खा लूँ और इस औरत को विधवा कर जाऊँ।

पर एक बात बड़ी विचित्र है, वह मेरे क्रोध का बहुधा विरोध न कर, भयभीत ही हो जाती है। निर्विरोध पिट लेती है। गाली खा लेती है, और जब मैं पशु की भाँति उसके साथ निर्दय व्यवहार करता हूँ—तो वह ऐसी सूनी आँखों से मेरी ओर देखती रहती है कि देखकर मुझे लज्जा और ग्लानि हो आती है और मैं घर से बाहर भाग जाताहूँ।

सर्दी-गर्मी-बरसात हम दोनों एक ही पलंग पर सोते हैं। शुरू ही से कुछ ऐसी आदतें पड़ गई हैं। मैं नहीं चाहता कि आप जब मेरे चिकित्सक हैं तो आपसे बात छिपाऊँ, इसी से सब खोलकर कहता हूँ। वह सदैव पेट में घुटने डालकर गठरी बनकर सोती है या पीठ फेरकर। आलिंगन उसे जैसे कष्टकर प्रतीत होता है। आलिंगन से उसका दम घुटता हो ऐसी चेष्टा करती है। किसी भाँति वह चुम्बन तो सह लेती है, परन्तु निहायत ठण्डे। चुम्बन से जैसे उसे कभी कोई सिहरन नहीं उत्पन्न होती, कभी वह प्रतिचुम्बन नहीं करती। उन चुम्बनों में मुझे कुछ भी आनन्द नहीं आता, जैसे कागज़ पर होठ रख दिए हों, परन्तु अन्य कामोत्तेजक चेष्टाएँ जैसे उसे सर्वथा असह्य हो जाती है। स्तन छूने से वह एकदम चमक उठती है। गहरी नींद में भी उछल पड़ती है, जैसे कोई व्यक्ति ज़बर्दस्त गुदगुदी के समय उछलता है। दिन में कभी मैं उसका स्तन छू पाता हूँ तो वह बेतहाशा खिलखिलाकर हँस पड़ती तथा अंग सिकोड़कर भाग खड़ी होती है। निश्चय ही वह हँसी आनन्द या प्रेम की नहीं—असह्य गुदगुदी की हँसी होती है! मैं समझ जाता हूँ—फिर भी कभी-कभी मैं क्रोध में पागल हो जाता हूँ।

परन्तु सबसे बड़ी कठिनाई तो यह है कि मैं उसे आज तक सम्भोग के लिए राजी न कर सका। अपनी जान सब ठण्डे-गर्म उपाय कर लिए, प्यार किया, लालच दिए, भय दिखाया, मारा-पीटा, परन्तु

वह मेरी उस कामोत्तेजित अवस्था को देखकर ऐसी भयभीत और परेशान हो जाती है कि क्या कहूँ। गोया जैसे मैं तलवार से उसे कत्ल ही करना चाह रहा हूँ। मैंने अनेक लेडी डाक्टरों को दिखाया, उनका कहना है कि उसके काम केन्द्रों में कोई दोष नहीं है। डाक्टर लोग निश्चयपूर्वक कहते हैं कि वह पूर्ण स्वस्थ है। उसे कोई रोग नहीं है। मैं जहाँ तक समझ सकता हूँ, वह न पागल है, न खब्ती है। उसकी दिमागी और शारीरिक हालत बहुत अच्छी है, मासिक धर्म उसे ठीक समय पर, नियमित रीति पर होता है। अंग-प्रत्यंग उसके पूर्ण विकसित और स्वस्थ हैं।

मैंने सब ओर से निराश होकर आपका आश्रय लिया है। कृपया मेरे निराश, सूखे जीवन को प्राणदान दीजिए। मेरे ठूँठ के समान नीरस दाम्पत्य को हरा-भरा कीजिए, मैं आपकी शरण हूँ। आप भी यदि मुझे निराश कर देंगे तो मैं निश्चय आत्मघात कर लूँगा। इस जीवन से मैं ऊब गया हूँ।

आप भली भाँति जानते हैं कि मैं एक सुशिक्षित, निष्ठावान आदमी हूँ। प्रतिष्ठित प्रोफसर हूँ। चरित्र का मूल्य समझता हूँ। परस्त्री गमन या और कोई दुराचार की कल्पना भी मैं नहीं कर सकता हूँ। मैं केवल अपनी पत्नी से सन्तुष्ट रहना चाहता हूँ। स्वस्थ प्रेम और काम के जो सम्बन्ध नैसर्गिक रूप से पत्नी-पति में होने चाहिए वही मैं चाहता हूँ।

मैं कुरूप नहीं, निर्धन नहीं, असभ्य गँवार नहीं, शराबी-लम्पट नहीं, रोगी, अंग-भंग या नपुंसक नहीं। अभी मेरी आयु सिर्फ अट्ठाइस वर्ष की है, जब कि वह केवल इक्कीस वर्ष की है।

मैं चाहता हूँ उसका कोमल स्निग्ध सुखद आलिंगन, गर्मागर्म चुम्बन का अथक निमन्त्रण, प्यार का लबालब रस और सम्भोग का अतृप्त आनन्द। इसके बाद एक चाँद के टुकड़े के समान शिशु का अवतरण, जो मेरे घर आने पर दोनों छोटे-छोटे हाथ पसारकर मेरी गोद में आकर मेरे हृदय को शीतल करे।

आप जानते ही हैं कि मेरी ये आकांक्षाएँ नैसर्गिक ही हैं। मेरे जैसा नवयुवक गृहस्थ जो इतनी बातें चाहता है—उसकी ये चाहनाएँ निर्मूल नहीं हैं। अनधिकृत भी नहीं हैं।

वह असाधारण सुन्दरी, भावुक, कोमल और सुशिक्षित रमणी है, पर एक ही शब्द में कहूँ—जीवित स्त्री है, पर मृत पत्नी। जैसे किसी पिशाच ने उसकी अन्तरात्मा में प्रविष्ट होकर उसके पत्नीत्व का दमन कर डाला हो।

अब जैसा आप कहे, मैं आपका शरणागत हूँ।''

पत्र लम्बा ज़रूर था पर दिलचस्प था। पूरे पत्र को पढ़ चुकने पर मेरी दृष्टि घूम-फिर कर उसके प्रथम प्रारम्भिक भाग पर जा रुकी—''मेरी पत्नी प्रतिदिन प्रातःकाल ज्योंही नया दैनिक पत्र आता है झटपट उठा लेती हैं...वह वास्तव में विवाह विज्ञापन पढ़ती हैं...फिर पत्र को एक ओर फेंक कर गहरे सोच में...इस समय बात-चीत, छेड़-छाड़ वह बिल्कुल बरदाश्त नहीं कर सकती।'' दो तीन बार मैंने इन पंक्तियों पर दृष्टि डाली। फिर मुझे हँसी आ गई। पत्र को मैंने अपनी गुप्त फाइल में 'फिर विचार करने के लिए' रख लिया।

दो सप्ताह तक मैं कुछ निर्णय न कर पाया। बीच में मैंने दो-चार बार पत्र को सामने रखा। उपरोक्त पंक्तियों पर विचार किया, पर अन्तिम रूप में कुछ भी कर्तव्य स्थिर नहीं कर पाया। इस बीच उक्त प्रोफेसर के दो स्मरण पत्र और आ पहुँचे। प्रोफेसर को मैं व्यक्तिगत रूप से भी जानता हूँ, वह एक भद्र और सुशील नवयुवक हैं। साहित्य में डाक्टरेट किया है, वे मेरे एक मित्र के पुत्र हैं। इन सब कारणों से मेरा उन पर प्यार भी है। दूसरा रिमाइन्डर आते ही मैंने उन्हें एक पंक्ति लिख भेजी—'कृपया इस रविवार को तीसरे पहर सपत्नीक मेरे साथ चाय पीने आइए।'

ठीक समय पर दोनों आए। चाय का मैंने जरा ठाठ-दार आयोजन

किया था। लड़की ने आकर मेरे पैर छुए और मेरे पास ही आकर बैठ गई। चाय की चुस्कियों के साथ गप-शप भी चलने लगी और कुछ मिनटों में ही मैं उसे खूब अच्छी तरह सच्ची हँसी हँसाने और दिल खोलकर गप-शप कराने में सफल हो गया। हम केवल तीन ही आदमी थे। अधिक बात मैंने उसी से की, प्रोफेसर से नहीं। वह मुझसे उसी ढंग से बात करने लगी जैसे अपने 'बाबूजी' से करती हो। अब शाश्वत होकर मैंने अपना काम शुरू किया।

एकाएक बात का प्रसंग बदलकर मैंने कहा—''कैसी मुश्किल है, पुराने जमाने में नाई-ब्राह्मण ब्याह शादी के जोड़-तोड़ बैठाते थे, पर अब तो अखबारों में विवाह विज्ञापन देखकर—''चट रोटी पट दाल'' की मसल चरितार्थ हो जाती है। अजी साहब, वह-वह रंगीन विज्ञापन निकलते हैं कि पढ़कर हँसी आती है, अच्छे-अच्छे समझदार इन विज्ञापनों के फेर में फँस जाते हैं।'' मेरी बातचीत बीच में ही काटकर वह उत्साहित होकर बोली—''बाबूजी ने भी तो मेरा विवाह अखबार में देखकर ही किया था।''

मैंने हँसकर कहा—'सच?'

''जी हाँ,'' उसने कनखियों से पति को घूरते हुए कहा।

''लेकिन तुम तो भई, घाटे में नहीं रहीं, पति तो तुम्हें लाख रुपये का मिला। पर इन हज़रत को मैं बचपन से जानता हूँ। अजी, इन घुटनों पर इन्हें खिलाया है, यह तुम्हारी हुकूमत में ठीक-ठीक रहते तो हैं न? ज़रा ठीक रखना, सनकी हैं। ज़रा भी कोई बात तुम्हारी मर्जी के खिलाफ करें तो मुझे कहना। मैं प्रोफेसर साहब के कान खींच सकता हूँ।''

वह जैसे बहुत कुछ कहने को बेचैन हो उठी! किन्तु एक बार मेरी ओर देखकर उसने नीची नज़र कर ली, कुछ न कह सकी। मैंने मिठाई की प्लेट उसके सामने पेश की और एक पीस लेने का अनुरोध किया। बहुत संकोच से उसने पीस उठाया और मैंने तुरन्त बात का

प्रसंग बदल दिया। इधर-उधर की बातें की। किस विषय में उसकी रुचि है, कौन सी पुस्तक उसे पसन्द है। 'अमुक पुस्तक पढ़ना—मैं दूँगा।' 'यह शाल क्या तुम्हीं ने बुना है, बड़ा सुन्दर है।' इन सब बातों के साथ प्रोफेसर की जितनी मुझे आवश्यकता थी, उतनी तारीफ़ भी की।

प्रेम के साथ मैंने उन्हें विदा दी। चलती बार लड़की ही को लक्ष्य करके कहा—''आया करो कभी-कभी। प्रोफेसर को फुर्सत न हो तो तुम्हीं चली आया करो।''

''आऊँगी'' उसने स्निग्ध दृष्टि से मुझे देखा, पैर छुए और चली गई, वह बहुत प्रसन्न थी।

प्रोफेसर ने मुझे पत्र लिखा—''जब से वह आई है आप ही की बात करती है! फिर कब चलोगे, यह कई बार कह चुकी है। आपसे वह बहुत खुश है। जब आपकी बात चलती है उसके नेत्रों का रूखा भाव खो जाता है।'' मैंने फोन पर प्रोफेसर को कहा—''एक बार मुझे मिलो।'' प्रोफेसर से मैंने खूब खोद-खोदकर जिरह की और प्रश्न किये—

''देखिए आप युवक हैं, सुशिक्षित हैं, हमारे लड़के के समान हैं। परन्तु इस समय आप सब बातों का विचार त्याग दीजिए और यह समझिए कि आप एक चिकित्सक से एक ऐसे गम्भीर मामले पर परामर्श कर रहे हैं जिस पर आपके जीवन का सारा ही सुख-दुःख निर्भर है।''

''निःसन्देह ऐसा ही है।''

''तो मैं जो प्रश्न करूँ उसका बिना संकोच स्पष्ट और सही उत्तर दीजिए।''

''आप प्रश्न कीजिए।''

''अच्छा तो पहले आप यह बताइए कि विवाह से प्रथम आपको कभी किसी स्त्री से सम्भोग करने का अवसर मिला है?''

''जी नहीं!''

''सम्भोग सम्बन्धी विषयों में आप उत्सुकता रखते रहे हैं, बहुधा इसी प्रकार के विचारों से आप एकान्त रात्रि में उत्तेजित हो जाते रहे हैं?''

“जी हाँ, बहुत। मैं अपने को काबू में नहीं रख सकता।”

“तो आपने बहुधा हस्त-क्रिया से वीर्यपात किया?”

“बहुधा नहीं, कभी-कभी।”

“और अधिकांश में?”

“बहुत परेशान रहा, रात-भर नींद नहीं आती रही, एड़ियाँ रगड़ता रहा। उठकर पढ़ना चाहा, पर मन न लगा। जब कभी ऐसी दशा दो-चार दिन तक लगातार रहती थी, तब मेरी दशा पागल जैसी हो जाती थी। मैं क्रोधी और चिड़चिड़ा हो जाता था। एक और बात है पर कहते लज्जा आती है।

“कह डालिए।”

“मैं प्रत्येक वस्तु में उस समय काम-वासना ही के दर्शन करता था। कोई लड़की, स्त्री चाहे जिस भी आयु की सुरूप-कुरूप दीखती—मैं उसी के सम्बन्ध में काम-वासना सम्बन्धी बातें सोचने लगता। पशु-पक्षियों की काम-क्रीड़ाओं को मैं बड़े ध्यान से देखता रहता। ऐसी ही सैक्स सम्बन्धी पुस्तकें पढ़ने तथा स्त्रियों के नंगे चित्र देखने में मुझे बड़ी रुचि रहती। प्रायः हफ्तों तक मुझे खाने-पीने तथा किसी दूसरे काम में रुचि नहीं रहती थी।”

“यह उद्वेग आप ही शान्त हो जाता था?”

“बहुधा ऐसा ही होता था। पर कभी-कभी मुझे हाथ से वीर्यपात करने को बेबस हो जाना पड़ता था। मैं विवेक का बहुत सहारा लेता, पर बेकार था। वीर्यपात होने पर मेरा मन स्थिर और शान्त हो जाता था। फिर उन विचारों और वीर्यपात के काम से घृणा हो जाती थी, जो प्रायः महीनों बनी रहती थी।”

“ठीक है, क्या आप स्त्रियों से मिलने-जुलने में झेंपू हैं, उनसे बातचीत करके उन्हें खुश नहीं कर सकते?”

“यह बात जो कालेज में प्रसिद्ध है, केवल आप से ही मैंने मन का श्राव कह दिया है।”

“विवाह के बाद आपका पत्नी से एकान्त साक्षात्कार कब हुआ?”

“घर आने के तीसरे दिन।”

“उससे प्रथम आपने उससे कभी बात की?”

“जी नहीं।”

“अच्छा, तो प्रथम भेंट आपकी सुहागशैया पर हुई?”

“जी।”

“उस भेंट के अवसर पर आपने जो व्यवहार उससे किया, वह सब विस्तार से सुना जाइए।”

“बड़ी लज्जा की बात है, मैं स्वीकार करता हूँ, मैं एकदम पशु हो गया था। विवाह से दो-तीन दिन प्रथम ही से मैं बहुत उत्तेजित और अधीर हो गया था। जब वह घर आई तो मैंने प्रथम दिन ही रात में उसके पास जाने की चेष्टा की, पर सफलता नहीं मिली। तीन दिन तक मैं छटपटाता फिरा। मैं उसे छूने को, चुम्बन लेने को पागल हो गया, पर मेरी इच्छा पूरी नहीं हुई। तीसरे दिन ज्यों ही एकान्त में वह मेरे शयनकक्ष में आई मैं बाघ की तरह उस पर टूट पड़ा और अनगिनत चुम्बन ले डाले। इसके बाद मैं काम-वासना से पशु बन गया। मैंने उसे नंगा कर डाला और सम्भोग करने की चेष्टा की। मैं बिल्कुल विवेक-चेतना हीन हो गया था। उद्दाम-वासना के मारे मुझे ऐसा प्रतीत हुआ कि मेरे शरीर का समस्त खून मेरे मस्तिष्क में जमा हो गया है, परन्तु वास्तव में यह बलात्कार था। कामेच्छा की बात तो दूर रही, उसकी आँखें मुझे और मेरी चेष्टा को देख भय से फट गईं। उसने यथासम्भव विरोध किया और मेरी उसकी अच्छी-खासी कुश्ती हो गई। मेरा सारा शरीर पसीने से लथपथ हो गया और वह ज़ार-ज़ार आँसू बहाने लगी।”

“तो क्या आपका वह प्रथम सम्भोग सफल हुआ?”

“जी नहीं, चरम उत्तेजना, और संघर्ष के कारण बाहर ही वीर्यपात हो गया। इन्द्रिय प्रवेश करने में मुझे सफलता नहीं मिली।”

“इसके बाद?”

“इसके बाद मेरा सारा जोश-ख़रोश रफ़ा हो गया। मुझे भारी खीझ उत्पन्न हुई। वह शैया पर पड़ी सिसक कर रोती रही और मैं थककर मुर्दे की भाँति एक ओर पड़ गया। शीघ्र ही मुझे नींद आ गई।”

“फिर?”

“दूसरे दिन मुझे अपनी इस उतावली और पशुता पर बड़ी घृणा हुई और मैं बहुत लज्जित हुआ। इच्छा थी कि मैं एकान्त में मिलकर उससे क्षमा माँगू। पर फिर दो-तीन दिन तक वह मेरे पास आई ही नहीं। भाभी और माता ने बहुत-बहुत समझाया, पर यह प्रसंग आते ही वह ज़ार-ज़ार रोती हुई ऐसा भय और वेदना प्रकट करती कि उन्हें विवश हो उसकी बात माननी पड़ी।

“फिर आपकी उससे दूसरी मुलाकात कब हुई?”

“चार महीने बाद! चौथे दिन उसके भाई आकर उसे विदा करा ले गए। चार मास बाद मैं जब उसे लाया तो रेल में मेरी दूसरी मुलाकात हुई। तब मैंने उससे पहली बार बातचीत की।”

“बातचीत क्या हुई?”

“मैंने उसके प्रति बहुत प्रेम प्रगट किया। जितने शब्द मुझे याद थे सब कहे। बिहारी के दोहे सुनाए। पर सब बेकार। ढेर सारी पत्र-पत्रिकाएँ दीं। उन पर वह उदासी से दृष्टि डालती रही। बातचीत का जवाब वह बहुत ठण्डा-जैसे पराये आदमी से बोलते हैं—देती रही। यह स्पष्ट था कि उसके मन में मेरे प्रति प्रेम है ही नहीं। लल्लो-चप्पो करते-करते जब मैं थक गया तो मैं भी मान कर बैठा।”

“घर आने पर भी वही झंझट रहा। रात को मेरे शयनागार में आने के लिए वह बड़ी कठिनाई से राजी हुई। परन्तु मेरा स्पर्श भी जैसे उसे काटता था। शेष सारी बातें तो मैं आपको पत्र में लिख चुका हूँ।”

मैंने सब बातें सुनकर हँसते हुए कहा—

‘‘ठीक है, आप एक सज्जन पुरुष हैं, पर दुर्जन पति हैं। आप और वह भी पूर्ण स्वस्थ हैं, सारे झगड़े की जड़ ‘सुहागरात’ के दिन आपके द्वारा की गई ‘भूल’ है। आपको ज्ञात होना चाहिए कि भारतवर्ष में विवाह से प्रथम कुमारी कन्या को सम्भोग के सम्बन्ध में कुछ भी ज्ञान या अनुभव नहीं होता। पिता के घर में ऐसी बातें उससे छिपाई जाती हैं तथा इन विषयों पर उसका कुछ अध्ययन भी नहीं होता। फिर भी सयानी और पढ़ी-लिखी लड़कियाँ इतना जानती अवश्य हैं कि विवाह के बाद सम्भोग क्रिया होती है। उस क्रिया में क्या सुख-दुःख होता है इस सम्बन्ध में वे अपनी कल्पनाएँ दौड़ाया करती हैं। लज्जा और साहस का अभाव भी उनकी दुविधा बढ़ा देता है। इसके अतिरिक्त और एक वैज्ञानिक एवं प्राकृत बात है—वह यह कि पुरुष सदैव शान्त रहता है, स्त्री को देखकर उसे कामोत्तेजना होती है। पर स्त्री में—चाहे वह प्रच्छिन्न और आवृत्त ही हो पर कामवासना सदा जाग्रत रहती है, पर पुरुष को देखते ही वह ठण्डी हो जाती है। इसलिए कामशास्त्र के विधान के अनुसार सम्भोग से प्रथम स्त्री की कामवासना को जाग्रत करना अत्यन्त आवश्यक है, बिना ऐसा किए सम्भोग में पूर्णता नहीं आ सकती।’’

‘‘परन्तु सुहागरात के प्रथम सहवास का सबसे नाजुक और महत्त्वपूर्ण जो कार्य है—वह है—कौमार्य भंग। इसके सम्बन्ध में तो यह बात जान लेनी चाहिए कि कुमारी का प्रथम सहवास कुछ आनन्दप्रद नहीं होता। दूसरी बात यह है कि—कौमार्य भंग के अवसर पर सहवास सम्बन्धी दो बाधाएँ पुरुष के सामने आती हैं। एक मानसिक और दूसरी शारीरिक। ये बाधाएँ अधिकांश में प्राकृत होती है, और मनुष्येतर प्राणी में भी पाई जाती हैं। प्रायः देखा जाता है कि अनुभवी मादा भी नर से दूर भागने का अभिनय करती हैं। पर यह सिर्फ नर को उत्तेजित करने के लिए अभिनय मात्र ही होता है।’’

‘‘परन्तु ‘कौमार्य भंग’ इन सबसे पृथक है। उसमें भय और लज्जा

की मात्रा स्वाभाविक होती है, परन्तु वास्तव में यह भय और लज्जा दोनों ही बाधायें कुछ अनिष्टकारी नहीं है। आवश्यकता केवल यही है कि इस अवसर पर पुरुष कुछ सावधान रहे तथा चतुराई बरते। कुमारियों को प्रथम तो सहवास का कोई पूर्व अनुभव नहीं होता, दूसरे योनि मुख पर जो पर्दा होता है वह यदि फटा नहीं होता तो इस समय फटता है और उससे उन्हें थोड़ा कष्ट होता है। यद्यपि यह आवश्यक नहीं कि यह पर्दा उस समय तक हो ही या उसी समय फटे। कभी-कभी तो वह साधारण कारणों से सहवास के प्रथम ही फट जाता है और कभी-कभी सहवास से भी नहीं फटता तथा आपरेशन की आवश्यकता पड़ती है। अस्तु यह तो एक साधारण बात है, पर जो मानसिक बाधा है—भय और लज्जा की जो दीवार है—वह दूर करने के लिए पति को अपनी खुशमिजाजी, वाक्चातुर्य, प्रेम-प्रदर्शन, और कोमल चेष्टाओं से ही कुमारी के मन में प्रेम-वासना, निर्भयता और कामोत्सुकता उत्पन्न करनी चाहिए। पति को खूब सावधान और संयत रह कर अपने प्रत्येक व्यवहार और प्रत्येक चेष्टा से कन्या को अपने अनुकूल बनाने की चेष्टा करनी चाहिए। उद्दण्ड और अप्रिय आचरण हर हालत में हानिकारक है।''

''नियम तो यह है कि सुहागरात की प्रथम तीन रात्रियों में संभोग किया ही न जाय। इन तीन दिनों में तो कन्या की सब मानसिक बाधाओं को दूर करना चाहिए। यदि ऐसा न किया जाएगा तो वही परिणाम होगा जो आपको भोगना पड़ रहा है। इस समय जो घृणा और विरक्ति स्त्री के मन में उत्पन्न हो जाएगी वह जन्म भर दूर न होगी।''

''इसलिए बुद्धिमान पति को चाहिए कि पहले मानसिक बाधा को अत्यन्त योग्यता से दूर करे। शारीरिक बाधा का विचार इसके बाद उठता है।''

मेरी विवेचना को सुनकर युवक प्रोफेसर विचार में पड़ गये। उन्होंने अनुताप की मुद्रा में कहा—''आपने ठीक कहा—मैं एक दुर्जन पति हूँ,

परन्तु अब तो प्राण देकर भी अपनी पत्नि को अनुकूल बनाना चाहता हूँ। अब आप मुझे राह दिखलाइए। मैं कीमती से कीमती औषध खरीदने को तथा चाहे जितनी भी भारी रकम खर्चने को तैयार हूँ।''

मैंने कहा—''दवा-दारू की तो यहाँ बात ही नहीं है। न किसी भारी खर्चे का सवाल है, पर आप बुद्धिमानी और धैर्य से मेरी सलाह मानेंगे तो आपकी इच्छा पूर्ण हो जायेगी।''

''मैं आपकी प्रत्येक आज्ञा का पालन करूँगा!''

''अच्छी बात है। आप कुछ दिन की कालेज से छुट्टी लीजिए और किसी तरह युक्ति से पत्नि को तीर्थाटन या किसी रमणीय स्थान की यात्रा के लिए राजी कीजिए। उसी की रुचि और पसन्द के अनुरूप यात्रा कीजिए। यात्रा में एक स्थान पर मत रुकिये—घूमते रहिये। साथ में एक ही बिस्तर रखिए, साथ ही एक पात्र में भोजन कीजिए, स्नान आदि भी साथ ही करने की चेष्टा कीजिए, पर सर्वत्र उसकी रुचि को प्रधानता दीजिए। काम-सम्बन्धी छेड़-छाड़ बिल्कुल मत कीजिए। सत्कार, प्रेम और मिठास का व्यवहार कीजिए। यह मत भूलिए कि कन्याएँ फूल के समान कोमल होती हैं। उनसे अति कोमल व्यवहार करना चाहिए। जिस काम से और चेष्टा से उसे उसके मन में प्रेमोदय हो वही काम कीजिए। बीच-बीच में जब—जितना आलिंगन उसे प्रिय हो—उतना ही कीजिए, अधिक नहीं। आलिंगन नाभि से ऊपर के अंगों का कीजिए, नीचे के अंगों का नहीं और यह कार्य अन्धकार में कीजिए प्रकाश में नहीं। जब वह आलिंगन को सह ले—तब उसे मुँह से मुँह में पान दीजिए। पान देते समय नर्म चुम्बन लीजिए। जिसमें दाँत न गड़ें—न शब्द हो। चुम्बन के समय कुछ प्रश्न कीजिए और जवाब के लिए बारम्बार हठ कीजिए। जब वह आपके प्रश्नों से—चेष्टाओं से—नीचा सिर करके हँसने लगे तो, पान-इत्र-सुपारी या पीने का जल माँगिए। जब वह आकर दे तो अवसर पाकर स्तन छू दीजिए। रोकने पर हँसकर माफी माँगिए—'फिर ऐसी गलती कभी न होगी,' पर ज्योंही माफी की

मुस्कान उसके होठों पर देखिए, उसका हाथ खींचकर पास बैठा लीजिए।
गोद में बैठाकर सारे पेट पर हाथ फेरिए। प्रेम सम्बन्धी थोड़ी अश्लील
वार्ता कीजिए। धीरे-धीरे समस्त शरीर पर हाथ फेरिए और चुम्बन योग्य
स्थलों का चुम्बन कीजिए। जब इसमें उसे आपत्ति न हो तब जंघाओं
पर, जंघामूल पर और गुह्येन्द्रिय पर हाथ फेरिए। रोकने पर ठहर जाइए।
कहिये—इसमें क्या हानि है। हँसकर टाल दीजिए। जब गुप्त अंगों का
स्पर्श वह सह ले तो जाँघों को नंगा करके योनि-लिंग का कोमल मर्दन
करते हुए काम-सम्बन्धी बात कीजिए। पूर्वकाल में मनोरथ सुनाइए
भविष्य के सम्बन्ध में उत्साह और आशाजनक बातें कहिए। पुत्र जन्म
की चर्चा कीजिए। सुन्दर बच्चे की तस्वीर या खिलौने खरीद कर उसके
वस्त्र सीने को कहिये, बच्चे के खिलौने को उसके पास सुलाकर हास्य
कीजिए। पर सावधान रहिए—सम्भोग मत कीजिए।"

"कब तक?"

"जब तक कि वह दूर हटने के प्रयत्न को बन्द न कर दे, प्रगाढ़
आलिंगन की उत्कण्ठा प्रकट न करे, अपने शरीर को ढीला करके फूलों
के ढेर के समान आपके ऊपर न उँडेल दे।"

"इसके बाद?"

"यह केवल मानसिक बाधा दूर हुई। अब शारीरिक बाधा का
भी विचार करना है।"

"वह क्या है?"

"प्रथम तो पर्दे की बाधा है। इस बाधा को दूर करने के लिए
पर्दे की बनावट को समझना बहुत ज़रूरी है। इस पर्दे में जो छेद होता
है वह ऊपर की तरफ यानी पेट की तरफ होता है। इससे लिंगेन्द्रिय
की चोट ही के ज़ोर से वह फट जाता है और लिंगेन्द्रिय का रास्ता
साफ हो जाता है। ऐसी हालत में स्त्री को सान्त्वना देकर आगे को
धक्का मारने को कहना चाहिए। उसे बताना चाहिए कि इसमें डरने
की कोई बात नहीं है। ऐसा करने से कष्ट कम होगा—रक्त भी कम

निकलेगा, पर रक्त यदि जल्द बन्द न हो तो स्त्री को चुपचाप पैर फैलाकर लेट जाने को कहिए। रक्त को पौंछना नहीं चाहिए। यह घाव आप ही अच्छा हो जाता है, पर यदि उस दिन पर्दा न फटे—तो एकाध दिन के लिए सहवास को स्थगित कर देना चाहिए, पर फिर भी न फटे तो ऑपरेशन कराना पड़ेगा।''

''यदि वह बाधा सामने आई?''

''तो देखा जाएगा। मेरा ख़्याल है, यह बाधा नहीं आयेगी। मानसिक बाधा ही आप की राह में है।''

''और भी आप कुछ हिदायत देंगे?''

''केवल यही कि समय अनुकूल देखकर सावधानी से सम्भोग शुरू किया जाए। जहाँ तक सम्भव हो उसे दुःखी न किया जाए। प्रारम्भ में स्त्री की कामपूर्ति का विचार नहीं करना चाहिए, उसका घाव अच्छा हो जाय, यही बात मुख्य है। इसके लिए जितना कम घर्षण हो, उतना ही अच्छा है। प्रारम्भ में उसकी लज्जा का पूरा ध्यान रखा जाय, उसे बिल्कुल नंगा करने की ज़िद न की जाए। एक बात यह कि प्रारम्भ में उससे पूर्ण उद्दीपन नहीं होगा—इससे योनि में आर्द्रता की कमी रहेगी, इसके लिए नारियल या चमेली का तेल या वेसलीन काम में लाया जा सकता है, परन्तु सबसे उत्तम वस्तु 'मुखरस' है। संक्षेप में यह मत भूलिए कि आप का स्थान प्रथम सहवास के समय एक शिक्षक का स्थान है, इसलिए आप को पूरे धैर्य और चतुरता से काम लेना होगा तथा अपने को काबू में रखना होगा। आप को स्त्री के हृदय पर अति कोमल भाव अंकित करने चाहिए और अपनी प्रत्येक चेष्टा ऐसी करनी चाहिए कि जिसकी स्मृति मात्र से ही स्त्री आनन्दातिरेक से विभोर हो जाये।''

प्रोफेसर और भी आवश्यक समाधान करके चले गए। मुझे उन्होंने यात्रा पर जाते हुए एक कार्ड भेजकर सूचना दे दी थी। इसके डेढ़ महीने बाद एक दिन दोनों पति-पत्नी मेरे घर आये। बहुत सुन्दर सन्ध्या काल

था। मैं लॉन में बैठा एक पुस्तक पढ़ रहा था। इस बार उस लड़की ने मेरे पैर नहीं छुए, दोनों ने हँसते-हँसते नमस्ते की। मैंने क्षण भर ही में देख लिया—अब वह बदल चुकी थी, अब वह कन्या नहीं थी, स्त्री हो चुकी थी। उसकी आँखें हँस रही थीं और होठों पर आनन्द की लाली छा रही थी। प्रोफेसर उमंग में मस्त थे। दोनों, दोनों को छिपी नजरों से पी रहे थे। मैंने समझ लिया—ये एक हो चुके, परस्पर मिल चुके, जैसे दो बर्तनों का जल एक में मिलकर एक हो जाता है।

मैंने दोनों के लिए चाय मँगाई। उनके सुखी जीवन को देखकर मैं आनन्दित था। प्रोफेसर कुछ कहने को छटपटा रहे थे। उन्होंने अवसर पाकर कहा—‘‘आप से एक बात कहनी है, इधर आइये ज़रा।’’

‘‘मैंने देख लिया।’’ यह सुनते ही लज्जा की लाली स्त्री के मुख पर दौड़ गई। मैंने हँसते-हँसते कहा, ‘‘कुछ ज़रूरत नहीं है कहने-सुनने की, समझ गया, समझ गया। बधाई! ईश्वर शीघ्र आपकी गोद भरे।’’

दूसरा-पत्र

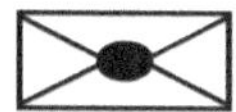

‘‘मेरा आत्म-सम्मान मुझे आत्मघात करने को प्रेरित करता है, और अभिमान उससे सब सम्बन्ध-विच्छेद करने को। मैं अभागिनी हिन्दू नारी हूँ और जानती हूँ कि हिन्दू नारी का पति से विच्छेद होना आसान काम नहीं है। कानून की बड़ी-बड़ी बाधाएँ हैं, परन्तु सबसे बड़ी बाधा तो मेरा विवेक है, जिसने मुझे हर तरह लाचार कर रखा है। मैं एक सुशिक्षिता व प्रतिष्ठित घराने की महिला हूँ और एक स्कूल में हैडमिस्ट्रेस हूँ। मैंने एम.ए. तक शिक्षा पाई है, और इंगलैण्ड जाकर टी.डी. की डिग्री भी लाई हूँ। मुझे वेतन उनसे कुछ ही कम मिलता है, फिर भी मैं उनकी कमाई की मोहताज नहीं हूँ। जब से लड़ाई से लौटकर आए हैं, उनके रंग-ढंग बदले हुए हैं। हरदम बेरुखी-उदासी और बेपरवाही। जब देखिए उड़े-उड़े। आखिर मुँह फाड़कर कहना पड़ रहा है कि मैं कुछ बदसूरत नहीं। बुढ़िया भी नहीं हो गई, फिर इस बेरुखी का क्या कारण? मैं उड़ती चिड़िया को भाँप लेती हूँ। मैं दावे के साथ कहती हूँ कि उनका पतन हो चुका। वे अपना धर्म खो बैठे। उनका दिल कहीं और जगह लगा है। यह सब मुझ से छिपा है, पर अन्त में पाप का घड़ा फूटेगा। नई नौ दिन पुरानी सौ दिन। वे भी दिन थे, जब वे मुझे देखते नहीं अघाते थे। मैं ही उनकी दुनिया थी। मुझे गर्व था कि मेरा-सा पति किसका हो सकता है।

आज मेरा यह गर्व ढह गया, मेरा सोने का संसार मिट्टी हो गया। मेरे जीवन में धूल पड़ गई।''

''पहले वह ऐसे न थे। लड़ाई पर क्या गए, शैतान ने उनके दिल में वास कर लिया। उनकी सारी आदत ही बदल गई। मैंने पाँच साल उनकी प्रतीक्षा में कैसे बिताए, यह कैसे कहूँ? एक-एक पल उन्हीं के ध्यान में रोती रहती थी। मुझे क्या मालूम था कि वह हरामजादियों के साथ गुलछर्रें उड़ाते हैं। सुनती थी कि लड़ाई में सिपाही लोग अपना चरित्र नहीं कायम रख सकते। सो यह अब मैंने प्रत्यक्ष देख लिया। कभी मैं उन्हें प्राणों से बढ़कर प्यार करती थी। आज मुझे उनकी सूरत से नफरत है। शैतान मेरे कान में कहता है कि तू बेइमान पति का खून करके फाँसी पर चढ़ जा। बुरा क्या है, जब मरना ही है तो दुश्मन को मार कर क्यों न मरूँ?''

''सुना है—आप एक विचित्र चिकित्सक हैं। ऐसे लोगों का भी इलाज कर सकते हैं। क्या आप मेरी कुछ मदद कर सकते हैं? उस आदमी के मन का शैतान निकाल सकते हैं? मैं आप की पूरी फीस अदा करने को तैयार हूँ।''

पत्र पढ़कर मैंने उस पर कुछ देर विचार किया, फिर मैंने इस महिला को एक छोटा-सा पत्र लिखा—'सम्भव है बात जितनी खराब आप समझती हैं, वैसी नहीं है। मैं आपकी अवश्य सहायता करूँगा, बशर्ते कि मेरे कुछ प्रश्नों का आप बिना संकोच सही उत्तर देने की कृपा करें।' पत्र के साथ मैंने कुछ प्रश्न भी किये। मेरे पत्र और प्रश्नों का उत्तर जो उस महिला ने दिया उसका सारांश यह है—

''मेरा विवाह हुए ग्यारह वर्ष हो गए। विवाह के समय मेरी आयु इक्कीस वर्ष और उनकी अट्ठाईस वर्ष की थी। उस समय मैं एम.ए. फाइनल कर चुकी थी और वह एक बैंक में मैनेजर थे। उनका रूप और गुण ऐसा था जिस पर कोई भी स्त्री अपने भाग्य को सराह सकती

है। संतान अल्बत्ता कोई मुझे नहीं हुई, परन्तु उनके पुरुषत्व में कोई कमी न थी। प्रारम्भ में हम लोग दो-दो तीन-तीन बार सहवास करते थे। हर बार नया उत्साह और आनन्द आता था। मैंने कभी जीवन में कल्पना भी न की थी कि कोई मर्द स्त्री को इतना सुख दे सकता है। विवाह से प्रथम तक मैंने सहवास का अनुभव नहीं किया था, और मैं यद्यपि सहवास को चाव की नज़र से देखती थी, पर डरती भी थी। विवाह के बाद सहवास के प्रारम्भिक दिनों में तो मुझे कुछ अच्छा न लगा। मुझे उन दिनों उन्हें देखना—उनका चुम्बन-आलिंगन-हास्य—यहाँ तक कि चलना-फिरना भी आनन्द से पागल कर देता था। पीछे जब सम्पूर्ण सम्भोग के आनन्द का मुझे अनुभव हुआ, तो कुछ दिन तक तो मैं पागल-सी हो गई। खाते-पीते, सोते-जागते मुझे इसी बात का ध्यान रहता था। सम्भोग में मुझे कभी कोई कष्ट नहीं हुआ। उनकी लिंगेन्द्रिय खूब उत्तेजित अवस्था में पत्थर से भी अधिक कड़ी हो जाती थी! शारीरिक बल उनमें बहुत था। बहुधा वे मुझे अपने हाथों में अधर उठा लेते थे।''

''बाद के दिनों में यह बात तो नहीं रही परन्तु सप्ताह में दो-तीन बार तो हम सम्भोग अवश्य करते थे। मुझे बहुत कम इसके लिए आवाहन करना पड़ता था—वे ही मुझे निमन्त्रण देते और बड़ी-बड़ी लल्लो-चप्पो करते थे। उन बातों से मुझे बड़ा सुख मिलता था। एक बार बैंक के हिसाब से कुछ गलती का झंझट उठ खड़ा हुआ, उससे वे बड़े परेशान हो गए। वह हमारे वैवाहिक जीवन का सबसे पहला अवसर था—कि हम रात-दिन साथ-साथ रहते हुए पन्द्रह-बीस दिन तक सम्भोग न कर पाये। उनका मूड ही कुछ ऐसा हो गया था कि मैं इस ओर उन्हें संकेत करने की हिम्मत ही न कर सकी।''

''इसके बाद ही वे लड़ाई पर चले गये और अब जब से लौट कर आए हैं, इन नौ महीनों में उन्होंने सिर्फ दो बार सम्भोग करने की चेष्टा की, पर न जाने क्या सोच कर अलग हट गये। कामोत्तेजना का

उनमें उदय ही न हुआ। मेरी ओर से उनका रुख ही बदल गया। हम लोग एक ही साथ एक ही बिस्तर पर कुछ दिन पूर्व तक सोते थे—जैसा कि पहले सोया करते थे। पर सोते ही वे करवट बदल कर मेरी ओर से पीठ पर लेते और शीघ्र ही खर्राटे भरने लगते थे। मैं कहाँ तक बर्दाश्त करती! अतः मैंने उनसे कह दिया कि तुम्हारे इस तरह सोने से मुझे तकलीफ होती है। तुम दूसरे बिस्तर पर सोओ। उन्होंने सहर्ष मेरा प्रस्ताव मान लिया। तब से हम पृथक-पृथक शैय्या पर सोते हैं, पर अब तो मुझे यह सह्य नहीं है। मैं उनकी सूरत से घृणा करती हूँ। मैंने उनसे यद्यपि मुँह खोल कर कभी कुछ नहीं कहा, परन्तु मैं चाहती हूँ कि वे मेरे कमरे में भी न सोयें। मेरे सामने आएँ भी नहीं। यह आदमी नहीं है—मिट्टी का ढेला है...''

मैंने पत्र पढ़कर महिला को बुला भेजा। मुलाकात होने पर मैंने कुछ और प्रश्न पूछे—''क्या आपके पति की कुछ आदतें भी युद्ध से लौटने पर बदल गई हैं?''

''कैसी आदतें?''

''पहले वे प्रातःकाल उठकर क्या किया करते थे।''

''ओह, जब तक शेव-गुस्ल खत्म न हो जाए, जोर-जोर से गाते, शोर करके घर-भर को सिर पर उठा लेते थे।''

''और अब?''

''अब तो वे पुस्तकों के कीड़े हो गए हैं। बहुत जल्द उनकी नींद टूट जाती है। तब पड़े-पड़े किताबें पढ़ते रहते हैं। चाय का वक्त हो जाता है और मैं कहती हूँ, उठकर हाथ-मुँह धोकर चाय पी लो, तो पुस्तक से आँख उठाये बिना ही कह देते हैं—यहीं दे जाओ चाय। कभी-कभी तो सुनकर जवाब ही नहीं देते, मैं खीझकर चाय रखकर चली आती हूँ।''

''क्या आपने उन्हें किसी लड़की की तरफ़ आकर्षित होते देखा है?''

''देखा नहीं है, पर अक्ल से खुदा पहचाना जाता है। आखिर

इस तरह शीतल परसाद होने का कारण क्या है। क्या नसों में लहू नहीं है, पानी भरा है?''

''आपको अपनी परिचित किसी स्त्री पर शक है?''

'जी नहीं, मगर मैंने अपनी शर्म को रखकर अभी इस बात की खोज जाँच नहीं की। जिस दिन पता लग जाएगा, उस दिन वह नहीं या मैं नहीं।''

मैंने समझा-बुझाकर, ठण्डा करके महिला को बिदा किया और कहा—''किसी तरह उन्हें मेरे पास भेज दीजिए।''

दूसरे ही दिन वह मेरे पास आए। खूब लम्बे-चौड़े, तन्दुरुस्त आदमी हैं। आँखों और चेहरे से भलमनसाहत टपकती है, परन्तु खूब गौर से देखने पर गहरी उदासी की छाया और उस पर घूमती हुई चिन्ता की रेखाएँ स्पष्ट उनके चेहरे पर दीख पड़ती थीं। मैंने तपाक से उनसे हाथ मिलाया और बैठाते हुए कहा—''मुझे मेजर पाण्डे के दर्शनों का सौभाग्य प्राप्त हो रहा है न?''

''आपका यह दास ही पाण्डे है, मेजर पाण्डे।''

''ओह, मैं तो कई दिन से आपसे मिलने की सोच रहा था, श्रीमती पाण्डे ने कुछ दिक्कतों का संकेत किया था, सोच रहा था कि आप से मिल कर कुछ बातें पूछूँ, फिर देखूँ कि क्या सेवा कर सकता हूँ।''

''अजी, कुछ बात भी हो, उन्हें वहम हो गया है, मैं बीमार हूँ। भला मुझे क्या बीमारी हो सकती है?''

''प्रकट में तो आप तन्दुरुस्त ही नजर आते हैं। कहिए युद्ध-क्षेत्र में तो आपको बड़े-बड़े अनुभव हुए होंगे।''

''आप अनुभव की कहते हैं? जनाब, मैं कोई बीस बार मर चुका हूँ, मगर फिर जिन्दा हूँ।'' उन्होंने एक फीकी हँसी हँसी।

मैंने बातचीत में गहरी दिलचस्पी प्रकट की। फिर तो उन्होंने अपने भयानक और रोमांचकारी वृत्तान्त एक के बाद एक सुनाने शुरू किए। किस प्रकार सिंगापुर का पतन हुआ और वे सेना के साथ भाग कर

बर्मा आए। फिर रंगून का पतन होने पर इम्फाल की लड़ाई में वे बन्दी हुए। वहाँ से भाग कर विकट बन और खूँखार पशुओं के बीच रात-दिन चलते हुए प्राणों का बोझा ढोया। किस प्रकार वे तीन दिन मुर्दों की टोली में छिपे रहे। जापानियों ने किस प्रकार उन्हें नर-माँस खाने को विवश किया। कैसे वे ठीक उस समय जब उन्हें गोली मारी जा रही थी ऊँचे पुल से नदी में कूद पड़े और विपत्ति के समुद्र को पार कर मृत्यु के ऊपर चरण रखते, गिरते-पड़ते, किस प्रकार भारत आए।

उनकी भयानक रोमांचकारी कहानी सुनने ही से मेरा खून सर्द हो गया, परन्तु मेजर पाण्डे भावहीन ढंग से कहते चले गए। रोग का मूल कारण मैं समझ गया। परन्तु इस सम्बन्ध में उनसे कुछ भी कहना बेकार समझ मैंने उन्हें विदा किया और श्रीमती पाण्डे को बुला भेजा। उनके आने पर मैंने कहा—

"आपके पति व्यभिचारी हैं या किसी अन्य स्त्री पर आसक्त हैं आपकी यह शंका निर्मूल है।"

"तब तो एक ही बात हो सकती है, जो उससे भी भयंकर है।"

"क्या?"

"यही कि वह नपुंसक हो गए।"

"यह कहा जा सकता है। पर मेरा ख्याल है कि वे ठीक हो जाएँगे। बशर्ते कि आप अपना गुस्सा जो उन पर है, त्याग दें। उन्हें रोगी समझें और मैं जैसा कहूँ उसी भाँति करें।"

श्रीमती पाण्डे ने स्वीकार किया।

तब मैंने बताया—"मनुष्य का यह शरीर एक अत्यन्त पेचीदा मशीन है। उसमें भिन्न-भिन्न काम करने वाले अनेक सूक्ष्म और स्थूल कल-पुर्जे लगे हैं। वे सब जब तक ठीक-ठीक कार्य अपनी सीमा में करते हैं तब तक शरीर ठीक-ठीक काम करता है परन्तु किसी रोग के कारण या किसी दूसरे कारण से यदि कोई अंग ठीक काम नहीं करता है—तो शरीर का स्वास्थ्य-वृत्त नष्ट हो जाता है। स्वाभाविक

काम-वासना और सम्भोग करने की शक्ति ठीक उसी पुरुष में परिपूर्ण होती है—जो सर्वथा स्वस्थ हो, अर्थात् जिसके शरीर के प्रत्येक कल-पुर्जे ठीक-ठीक काम करते हों। साधारणतया तो किसी भी पुर्जे की गड़बड़ी से सम्भोग शक्ति में गड़बड़ हो जाती है, परन्तु किसी-किसी पुर्जे की खराबी का सम्भोग की शक्ति नष्ट कर डालने में स्थायी या अस्थायी पूरा प्रभाव होता है।''

इस पर सन्देह और उतावली से श्रीमती पाण्डे बोल उठीं—''परन्तु मेरे पति तो बिल्कुल तन्दुरुस्त हैं। उनके शरीर के किसी अंग में कोई रोग नहीं है, यह मैं कह सकती हूँ। निश्चय ही वे या तो किसी सौत को रखे हुए हैं या नपुसंक हो गए हैं।''

मैंने कहा—''किसी हद तक पिछली बात ठीक है।''

यह सुनकर श्रीमती पाण्डे का चेहरा भय से सफेद हो गया। वह पथराई आँखों से मेरी ओर देखने लगी। मैंने कहा—''घबराने या निराश होने की कोई बात नहीं है। जैसा मैं कह चुका हूँ कि आप मेरे कहे अनुसार काम करेंगी तो सब ठीक हो जाएगा। आप ध्यान से मेरी बात सुनिए। हुआ क्या है, आप शायद नहीं जानती क्योंकि आपने कभी इस बात पर ध्यान नहीं दिया। वास्तव में आपके पति के ज्ञान-तन्तुओं को कई हानियाँ पहुँची हैं, जिनका उनकी सम्भोग शक्ति पर सीधा असर हुआ है। मैंने उनकी युद्ध-यात्रा की भयंकर कहानी सुनी है। सुनी आपने भी होगी, परन्तु मैंने उससे कुछ और ही अर्थ निकाला है, जिस पर शायद आपने विचार नहीं किया। वास्तव में दो हानियाँ उत्पन्न हुई हैं। युद्ध की विभीषिका और भाग-दौड़ तथा बन्दी होने और प्राण-दण्ड तक का सामना करने से उन्हें बहुत भारी मानसिक कष्ट झेलना पड़ा है। वे एक भीरु प्रकृति के शान्तिप्रिय पुरुष हैं। योद्धा प्रकृति के साहसिक आदमी नहीं हैं। उन्हें तो अस्वाभाविक रूप से न केवल सिपाही बनना पड़ा—अपितु भारी जोखिम भी उठानी पड़ी। इसी से उनके ज्ञान-तन्तुओं में ऐसी हानियाँ उत्पन्न हो गईं, जिन्होंने उन्हें नपुंसक बना दिया, परन्तु

इसमें सहायक हुई है उनकी रीढ़ की हड्डी की वह चोट, जो उन्हें उस समय लगी—जब वे गोली से मार डाले जाने वाले थे और बहुत ऊँचे से पानी में कूद पड़े थे। यद्यपि वे कूदे जल में थे—पर उनकी रीढ़ की हड्डी ज़रब खा गई है और वह एक प्रकार से नपुंसक हो गए हैं, परन्तु जहाँ तक मेरा विचार है, यह कोई ऐसी बीमारी नहीं है जो ठीक न हो सके या सांघातिक हो। कुछ बातें तो उपचार और आपके व्यवहार से तथा कुछ थोड़ा औषध सेवन करने से दूर हो जाएँगी। सबसे प्रथम मैं आपको कुछ आदेश दूँगा।"

"आपको जानना चाहिए कि आपके पति के ज्ञान-तन्तुओं पर इतना भारी दबाव पड़ा है कि जिसका प्रभाव सच्ची चोट के बराबर हुआ है, जबकि सच्ची चोट भी इस मामले में सहायक हुई है। खैरियत इतनी ही है कि उनमें सिवा इस बात के कि वह सम्भोग के योग्य नहीं रहे और कोई खराबी नहीं हुई है।"

"प्रथम तो आपको यह विचार सर्वथा त्याग देना चाहिए कि वह व्यभिचारी हैं या आपसे प्रेम नहीं करते। असल बात यही है कि वह सम्भोग करने में असमर्थ हैं। उन्हें आराम अवश्य हो जाएगा और वह पूरी शक्ति नहीं तो खोई हुई शक्ति को बारह आना फिर से प्राप्त कर लेंगे। आपका सबसे पहला कर्तव्य तो यह है कि उनके प्रति ज़रा भी खीझ या नाराज़ी का भाव न प्रकट करें और गहरे प्रेम का व्यवहार रखें। आप तीन बातों का ध्यान रखें। प्रथम—अपने को संयम में रखें और पति से पूरी सहानुभूति रखें। दूसरे—उनमें अपनी चेष्टाओं से निरन्तर कामोद्दीपन करती रहें। तीसरे—उनके सामने खूब आनन्दित और उल्लासपूर्ण ढंग से रहें।"

"मैं आपको एक बात के लिए और सावधान करूँगा, सम्भव है कि पीछे होने वाली मानसिक प्रतिक्रियाएँ इस मामले में पेचीदा कठिनाइयाँ आपके सामने लावें, जिन्हें सुलझाना आपकी चतुराई और बुद्धिमत्ता पर ही निर्भर है। ऐसी अवस्था में रोग-मुक्त होने पर भी

पुरुष मन में डरता रहता है कि कहीं मैं ठीक-ठीक सम्भोग न कर सकूँ—विफल हो जाऊँ। ज्योंही आपके पति में लिंगोत्थान के लक्षण प्रकट हों—और वह सम्भोग में प्रवृत्त हों—तब यदि उन्हें यह आशंका होने लगे कि कहीं मैं फिर नपुंसक न हो जाऊँ—तो ऐसे समय की ऐसी चिन्ता एक करारी चोट का प्रभाव उत्पन्न करती है और उसका परिणाम यह हो सकता है कि उन्हें आराम होने में बहुत-सा अर्सा लग जाए। इसलिए मैं आपको सावधान करता हूँ कि जब तक आप यह देखें कि लिंग की उत्तेजना पूरी नहीं है या हानि का अवसर बाकी है, उनकी सामर्थ्य में कुछ कमी है, तब तक आप केवल उद्दीपन ही तक अपनी काम चेष्टाएँ सीमित रखें—सम्भोग न करें। प्रत्युत आप अपनी चेष्टाओं से और बातचीत से उनमें यह आत्मविश्वास उत्पन्न करें—कि उन्हें दुबारा अपनी सम्भोग शक्ति में विश्वास हो जाय और उनकी मनोवृत्तियों को अपने आनन्द और उल्लासपूर्ण व्यवहार से ऐसी परिस्थिति में ले आइए कि उनकी मानसिक चिन्ता के बाधक प्रभाव उनके प्रचण्ड प्रेम को विकसित होने से रोक न दें। संक्षेप में आपको यह जान लेना चाहिए कि उनकी स्थिति ऐसी है—जैसी उस बच्चे की जो माता पर आश्रित है। वास्तव में आपके पति आप पर आश्रित हैं। आप उन्हें उतना ही असहाय समझ कर उनकी सहायता सुश्रूषा करें जितनी माता अपने बच्चे की करती है।''

मेरी बात सुनकर श्रीमती पाण्डे को अनायास ही हँसी आ गई और उनके चेहरे की स्थाई उदासीनता एकाएक दूर हो गई। वह हँसती हुई बोलीं—''यह तो खूब एक बच्चा आपने पालने-पोसने को मेरी गोद में डाला।''

मैंने भी हँसकर कहा—''बस, बस। इस क्षण आपका जैसा मन बदल गया है, उदासीनता और विरक्ति दूर होकर उल्लास और आनन्द आपके चेहरे पर आ गया है, इसे ही स्थायी बनाए रखिए। अभी बीस मिनट पहले आप जब मेरे पास आई थीं, तब आप एक खूसट मनहूस

बुढ़िया थीं—परन्तु अब एक आकर्षक और मोहक महिला हैं। मुझे आपके इस परिवर्तन से खुशी है। परन्तु मैं यह कह रहा था कि आपको बड़ा ही कठिन कार्य करना है, त्याग भी असाधारण करना है। मैं मानता हूँ—आपकी शारीरिक आकांक्षाएँ दुर्दम्य हो सकती हैं, पर मैं आपको सचेत किए देता हूँ कि चाहे जैसी भी प्रचण्ड कामेच्छा आपके मन में क्यों न उदय हो, आपको अपने को काबू में रखना होगा। आप उसका कोई भी संकेत, आभास बाहर प्रकट न होने देंगी और यह न भूलेंगी कि इससे आपके पति को आराम होने में बाधा होगी, जिसमें सबसे अधिक आप ही की हानि है।''

''आप निरन्तर चुम्बन और आलिंगन के द्वारा अपने पति में कामोद्दीपन करती रहें और जब देखें कि अब सच्चा कामोद्दीपन पूर्ण रूप से हो गया है और सम्भोग में बाधा होने का भय नहीं है—तो सम्भोग करने दें। ऐसी अवस्था में भी यदि कदाचित् उन्हें पूर्ण सफलता न मिले तो आप नर्मी से—प्यार से—आशाजनक और उत्साहवर्धक रीति से हँसकर पति को बारम्बार यही विश्वास दिलाएँ—कि अगली बार सब ठीक हो जाएगा। आप उन्हें उदास, चिन्तित या विफल न होने दें और यह न भूलें कि सम्भोग में भय और निरुत्साह के भाव का पुरुष पर जैसा बुरा प्रभाव पड़ता है—उतना किसी दूसरी बात का नहीं।''

''मैं सब बातें याद रखूंगी और ऐसा ही करूँगी। मैं यह भी नहीं भूल सकूँगी कि आपने मुझे जीवन दान दिया।''

प्रत्यक्ष ही यह महिला पति से मिलने को अधीर हो रही थी। मैंने कहा—''अभी मेरी बात पूरी नहीं हुई है, अभी मैंने आपको उनकी मानसिक बाधा दूर करने के उपाय बताए हैं। उनकी रीढ़ की हड्डी में चोट लगी है। रीढ़ की हड्डी का काम-शक्ति पर गहरा प्रभाव होता है। इसके लिए खाने के लिए एक दवाई और मालिश के लिए 'महाशतावरी का तेल' मैंने तजवीज़ किया। उनका उपयोग भी समझा दिया।''

श्रीमती पाण्डे ने स्वीकार किया और नीची नज़र करके कुछ सोच

में पड़ गई। साफ़ प्रकट होता था कि वह कुछ कहना चाहती हैं, पर कह नहीं पाती हैं। संकोच और लज्जा से उनका चेहरा नवीन वधू की भाँति लाल हो गया। मैं हँस पड़ा। मैंने कहा—''मैं जान गया कि आप क्या कहना चाहती हैं, किन्तु कहने का साहस नहीं करतीं, जब इतनी बातें हुई हैं तो अब संकोच क्या? फिर चिकित्सक से संकोच होगा तो कठिनाइयाँ दूर कैसे होंगी। आप शायद यह सोच रही हैं कि जब आपके पति दुबारा सम्भोग शक्ति प्राप्त करने के कठिन कार्य में लगे होंगे—तब आप उन्हें निरन्तर उत्तेजित करने की चेष्टा करने पर स्वयं कैसे संयत और निराबेशित रह सकती हैं।''

''निस्सन्देह मैं यही सोच रही हूँ। कहीं मैं असंयत हो गई तो मेरा सर्वनाश हो जाएगा।''

''निस्सन्देह। सम्भोग शक्ति की दुबारा प्राप्ति का सारे शरीर पर असर पड़ता है। 'सम्भोग' वह अनुष्ठान है, जो जीवन को सजीव और उपजाऊ बनाता है। इसलिए इस महामूल्यवान् पदार्थ को प्राप्त करने के लिए आपको भारी तप तो करना ही पड़ेगा। इस सम्बन्ध में मुझे आप से कुछ और भी कहना है। सम्भोग द्वारा स्त्री के शरीर को पुरुष की प्रोस्टेट ग्रन्थियों में उत्पन्न होने वाले विशिष्ट तरल रासायनिक कणों की अत्यन्त महत्त्वपूर्ण और आवश्यक मात्रा मिलती है। जिसकी, उसके स्वास्थ्य के लिए ही नहीं—स्त्रीत्व को कायम रखने के लिए भी भारी आवश्यकता है, परन्तु आप अभी इन रासायनिक कणों के लाभ से वर्षों से वंचित हैं। अभी वंचित ही रहेंगी। विशेष कर जब आप पति में कामोद्दीपन चेष्टा करें और पति पास भी हो—परन्तु सम्भोग न हो तो एक अतृप्त सम्भोग की भूख आपको बहुत व्याकुल कर सकती है। केवल इतना ही नहीं, उन पुरुष ग्रन्थियों के द्वारा जो रासायनिक कण स्त्री को मिलने चाहिए उनके न मिलने से स्त्री की शारीरिक दशा का सन्तुलन ठीक नहीं रहता तथा और भी कई दिक्कतें पैदा होती हैं। इसके लिए मैं आपको एक औषध दूँगा। सम्भोग की भूख तीव्र

होने पर ही आप इस औषध का प्रयोग करें। इससे न केवल आप की वह क्षुधा शान्त हो जाएगी, अपितु सम्भोग से प्राप्त होने वाले रासायनिक क्षरण द्रव्य भी आप के शरीर को मिल जाएँगे। यह औषध वास्तव में ऐसी ही अवस्था में उपयोग के लिए प्रोस्टेट और आर्किक तथा कैलशियम के मिश्रणों से तैयार की गई है।''

पूरे छः मास तक इस दम्पती ने मेरी चिकित्सा की और अन्त में इस महिला के वे पति पहली अवस्था में आ गए। पहले की भाँति प्रेम-आनन्द से रहने लगे। पति-पत्नी दोनों ही समय-समय पर मुझसे परामर्श और सहायता लेते रहे। मैं स्वीकार करता हूँ कि मैंने श्रीमती पाण्डे को असाधारण रूप से धैर्यवाली और बुद्धिमती स्त्री पाया। उनकी पूरी सहायता यदि मुझे न मिलती तो मेरे लिए ऐसे कठिन रोगी को स्वस्थ करना सर्वथा असम्भव था।

तीसरा-पत्र

‘‘मेरी आयु तेईस साल की है, और मैं लॉ का विद्यार्थी हूँ। होस्टल में रहता हूँ। ईश्वर की दया से पूर्ण तन्दुरुस्त हूँ। हाकी और फुटबाल में मैं गहरी रुचि रखता हूँ। बचपन ही से मेरा शरीर स्वस्थ और सुगठित रहा है। अपनी कक्षा में मैं सदा प्रथम आता रहा हूँ, परन्तु इधर तीन साल से मैं कठिनाई में फँस गया हूँ। यह कठिनाई दिन-दिन बढ़ती ही जाती है और कठिनाई और कुछ नहीं—तीव्र काम-वासना है। अभी मुझे यह साल और लॉ अटेण्ड करना है। डिग्री लेने पर ही मेरा विवाह होगा। मेरी भावी पत्नी भी कालेज में पढ़ रही है, परन्तु उससे मेरी अभी तक केवल देखा-देखी ही हुई है और कोई बातचीत नहीं हुई है। मेरे गुरु स्वामीजी महाराज हैं, उनसे मैंने ब्रह्मचर्य का माहात्म्य सुना है। मैं ब्रह्मचर्य के महत्त्व को समझता हूँ और चाहता हूँ कि विवाह होने तक पूर्ण ब्रह्मचर्य से रहूँ, परन्तु अब तो वह दिन-दिन दूभर होता जा रहा है। कामेच्छा दिन-दिन तीव्र होती जा रही है। स्वाभाविक रूप से इसे निवारण करने का कोई उपाय नहीं है। मैं बड़े ही यत्न और लगन से अपना ध्यान दूसरे विषयों में लगाता हूँ, परन्तु मैं देखता हूँ कि मेरा ध्यान चाहे जिस तरफ बटा हो, चाहे जितना भी मैं व्यस्त होऊँ, काम-वासना दुर्दम्य वेग से सामने आ खड़ी होती है। बहुधा मुझे ऐसा प्रतीत होता है कि मेरी नसों में लहू

नहीं, पिघला हुआ सीसा बह रहा है। उस समय उत्तेजना के वेग से मेरा शरीर फटने लगता है। बीच-बीच में कुछ शान्ति होती है, किन्तु पीछे फिर वैसी ही उत्तेजना हो उठती है। और अब तो यह कामेच्छा, जो प्रथम अति आनन्दप्रद प्रतीत होती थी, दुखद और भार रूप हो उठी है। कैसे इस कष्टकर स्थिति से मुक्त हो सकता हूँ, नहीं कह सकता। शारीरिक आवश्यकताएँ अनिवार्य हैं। यह तो वह संघर्ष है जिसमें मेरी जैसी स्थिति के स्वस्थ तरुणों को बारम्बार पड़ना पड़ता है—और मुक्ति की कोई राह ही नहीं मिलती है। खासकर रात के समय में जब आराम का समय होता है। हम उस समय किसी काम में शक्ति नहीं खर्च करते और हमारी सारी शक्ति उस एकान्त रात्रि में कामोत्तेजना से युद्ध करने में जुट जाती है। हमें चुपचाप यह युद्ध करना पड़ता है। और सदैव ही गहरी कठिनाइयों का सामना करना पड़ता है। आप ही कहिए—काम और आग जब हमारे भीतर ही जल रही है तब कैसे हम उससे बच सकते हैं। हस्तक्रिया महज लड़कपन है, उसमें हमारे प्रेम की भावना का कुछ विकास नहीं होता। वेश्या-गमन स्वास्थ्य और प्रतिष्ठा के लिए भारी खतरे की वस्तु है। ऐसी हालत में इस दुर्जय काम-शत्रु को वश में करने का क्या उपाय है? मैं तो इतना ही जानता हूँ—इस निर्दय-शत्रु का इलाज स्त्री है, जो हमसे दूर है। बहुत दूर। केवल उसकी स्मृति हमारे निकट है जो प्रारम्भ में प्रिय थी, पर अब केवल दुखदायी बन गई है। मैं नहीं जानता मेरी जैसी हालत में पड़े अन्य नवयुवकों का क्या हाल होता होगा और वे कैसे इस विकट संग्राम में विजय पाते होंगे। हाँ, कभी-कभी प्रकृति मेरी सहायता कर देती है, स्वप्न में वीर्यपात हो जाता है। इसमें थोड़ा आनन्द भी मिलता है और शान्ति भी प्राप्त होती है, पर यह मेरी आकांक्षा के देखते यथेष्ट नहीं है। फिर यह तो स्वयं एक रोग है। ऐसा मैंने सुना है। पर इससे क्या? मैं तो पूर्ण जाग्रत अवस्था में, पूर्ण कामवेग के आनन्द को तृप्त होकर प्राप्त करना चाहता हूँ। जो बिना स्त्री के, आदर्श-साथी के प्राप्त नहीं हो

सकता है। मैं चाहता हूँ कि मुझे एक सच्चा साथी मिल जाय और मैं अपना सब कुछ उसे सौंप दूँ। मैं इसे अपना सबसे बड़ा सौभाग्य और आनन्द की बात समझता हूँ। अब आप कहिये कि मैं क्या करूँ? क्या वेश्यागमन का खतरा उठाऊँ? स्वप्न दोष में जब वीर्यपात होता ही है तो क्यों न वेश्यागमन करके सम्भोग पूरा कर लिया जाए? स्वप्नदोष तो हर हालत में हानिकारक ही है। बहरहाल अभी मैं और एक वर्ष अपनी पत्नी से सम्भोग नहीं कर सकता और अब बिना सम्भोग के एक क्षण भी रहना मुझे दूभर हो रहा है। मुझे भय है कि मेरी यही दशा रही तो मैं परीक्षा में फेल हो जाऊँगा और पागल हो जाऊँगा। अब आप मुझे सीधी राह बताइए।''

ऐसे तो युवकों के बहुत पत्र मेरे पास नित्य प्रति आते ही रहते हैं। मैंने इस विवेकी और चरित्रवान युवक को लम्बा पत्र लिखा, जिसका सार यह है—

''काम-वासना स्वस्थ शरीर में होना स्वाभाविक ही है। युवावस्था में तीव्र काम-वासना होना किसी भी हालत में हानिकारक नहीं—लाभदायक ही है। स्वप्नदोष वैसी भयंकर बात नहीं है—जैसा लोग समझते हैं। जब आप परिश्रम करते हैं तो पसीना आने से बहुत-सी गन्दगी शरीर से निकल कर सारे वस्त्रों को गन्दा कर देती है। उस समय शरीर को शुद्ध करना पड़ता है, सर्दी हो, स्नान न किया जा सके तो भी सूखे अँगोछे से शरीर को पोंछना पड़ता है। कपड़े भी बदलने पड़ते हैं। इसी प्रकार सोते हुए यदि पूरी उत्तेजना होकर स्वप्नदोष हो जाता है तो निस्सन्देह जैसा आपका ख्याल है—प्रकृति आपकी सहायता करती है और प्रकृति की यह सहायता आपको तब तक मिलती रहेगी जब तक कि आपको स्त्री-सहवास का अवसर न मिल जाएगा। इस प्रकार के वीर्यपात के साथ तरल एल्ब्यूमन आदि मिले रहते हैं। उनका शरीर से बाहर निकल जाना लाभदायक है। याद रखिए कि प्रत्येक वस्तु जिसमें

जीवन है—हमें मैला करती है। यदि हम किसी फल को चाटेंगे तो भी हमें हाथों को साफ करने की आवश्यकता होगी। इसलिए काम सम्बन्धी मामलों में स्वप्न में वीर्यपात होने पर अशुद्धि का या हानि का ज़्यादा विचार न करना चाहिए। हाँ, उठने पर शरीर को शुद्ध कर लेना चाहिए। इससे बचने के लिए वेश्यावृत्ति करना अपने जीवन को और पवित्रता को खतरे में डालना तथा सर्वथा हानिकारक है। अब रही कामोत्तेजना की बात। कामोत्तेजना का काम-वासना में बहुत महत्त्व है। यह उसी समय होती है जब कि उचित मात्रा में काम-केन्द्रों में रक्त का जमाव होता है या दूसरे स्थानीय स्नायु मण्डल में उत्तेजना हो जाती है। ये दोनों कारण परस्पर सहायक हैं। पेशाब और वीर्य में भी एक पारस्परिक संबंध है। जब उनमें एक खास समता उत्पन्न होती है, तभी रक्त का जमाव काम-केन्द्रों में होता है। आप देखते ही हैं कि उत्तेजना के समय मूत्र त्यागने से उत्तेजना शान्त होती है। केवल बड़े लोगों को ही नहीं— बच्चों की भी लिंगेन्द्रिय मूत्र त्यागने के समय उत्तेजित हो जाती है।''

''काम सम्बन्धी उत्तेजना शरीर में एक आग जलाती है और इस आग से कीड़े-मकोड़े भी उन्मत्त हो जाते हैं। वास्तव में कामोत्तेजना से रक्त की उत्तेजना का गहरा सम्बन्ध है। जितना ही हमारा रक्त उत्तेजित होगा उतना ही हमारा स्वास्थ्य उत्तम होगा और रक्त की उत्तेजना का तो उत्तम प्रकार दुर्दम्य कामोत्तेजना ही है।''

''परन्तु मुझे स्पष्ट रीति पर आपको यह सूचित कर देना है कि आप उस अवस्था को पहुँच गए हैं कि जब बलात् संयम रखना आपके लिए हानिकारक हो सकता है। एक चिकित्सक नीति व धर्म का निदेशक नहीं है, रोगी की स्वास्थ्य-कामना ही उसका ध्रुव ध्येय है, इसलिए मैं तो आपको एक ही सलाह दे सकता हूँ—कि आप के लिए उचित है कि प्रकृत सम्भोग किसी भी स्त्री से करें। सम्भोग आपके मानसिक और शारीरिक धरातल को ठीक-ठीक रखने में बहुत सहायक होगा। सम्भोग की आपको उतनी ही आवश्यकता है जितनी भूखे को भोजन

की। इसलिए मैं किसी भी सामाजिक या धार्मिक कारण से आपके लिए सम्भोग की अनुमति को वापस लेने को तैयार नहीं।

वासना कम करने की कुछ औषध हैं, परन्तु उनसे आपकी केवल काम वासना ही कम न होगी प्रत्युत शरीर की समस्त अन्य क्रियायें भी मन्द पड़ जाएँगी, जो वास्तव में स्वास्थ्य और शरीर के लिए एक जोखिम की बात होगी। आश्चर्य नहीं—यदि आप ऐसी कोई शामक औषध लें, या ज़बर्दस्ती कामोत्तेजना को रोकें—तो आपके शरीर और मन की स्फूर्ति सदा के लिए नष्ट हो जाय। इसलिए मैं ऐसी औषध सेवन करने की सलाह देने की अपेक्षा आपको यही परामर्श देना ज़्यादा हितकर समझता हूँ कि आप किसी भी स्त्री से सम्भोग करें, परन्तु यदि ऐसा सम्भव हो—तो विवाह हो जाने पर, नव-पत्नी से सम्भोग करने से प्रथम मुझ से कुछ हिदायतें अवश्य ले लें।

चौथा-पत्र

“उनकी अवस्था साठ को पार कर गई है। हमारे विवाह को बत्तीस वर्ष हुए। मेरी अवस्था इस समय पचास के लगभग है। मुझे कुल ग्यारह बच्चे हुए—जिन में सात जीवित हैं। सबसे बड़े लड़के की आयु तीस बरस की है। मेरी सबसे छोटी सन्तान लड़की है, उसकी आयु अब उन्नीस वर्ष की है।”

“मेरे पति एक अत्यन्त उच्च-पदस्थ पुरुष हैं। एक प्रकार से उन्हें नेता भी माना जाता है। वे बड़े वाग्मी और विद्वान हैं। उन्होंने दर्जनों पुस्तकें लिखी हैं। उनका स्वास्थ्य बहुत अच्छा है। सदा ही वह खुशमिजाज़ रहे, और कभी उन्होंने मेरी दिल-शिकनी नहीं की। हम लोगों का जीवन-आदर्श दम्पती की भाँति गुज़रा। सुख-दुःख, विपत्ति-सम्पत्ति सभी में हम समान भागीदार रहे। वे बड़े शान्त, शिष्ट, सभ्य और मृदुभाषी हैं। भाँग शराब, नशा, तमाखू कभी उन्होंने काम में नहीं लिया।”

“परन्तु इधर दो-तीन वर्षों से उनमें विचित्र परिवर्तन आ गया है। बड़ी ही लज्जा और घृणा की बात है, परन्तु आप से कहे बिना छुटकारा नहीं। इन दिनों वे एकाएक बुरी तरह कामुक हो उठे हैं। उनकी यह कामुकता—निष्ठुरता और निर्लज्जता की सीमा के पार पहुँच चुकी है। इस उम्र में मुझे यह कष्ट और लज्जा सहन करनी

पड़ेगी यह मैंने कभी सपने में भी नहीं सोचा था। भरी जवानी में जो न किया, वह वे अब कर रहे हैं। अपनी बुढ़ौती ख़्वार कर रहे हैं। क्या कहूँ?"

"उनकी काम-वासना दुर्दम्य हो उठी है। पहले कभी ऐसा नहीं था। जब वे कामान्ध हो जाते हैं तो ऐसा प्रतीत होता है कि वह मनुष्य नहीं, पशु हैं। वह प्रतिदिन सम्भोग चाहते हैं। दिन-रात का भी विचार नहीं करते, घर में जवान लड़की व लड़के हैं, बहुएँ हैं, परन्तु एक निर्लज्ज कामुक को इससे क्या? अब मेरी अवस्था सम्भोग के भार को सहने योग्य तो बिल्कुल ही नहीं है। यद्यपि मैं रोगिणी नहीं हूँ, परन्तु कमज़ोर हूँ। वह चीते की भाँति आक्रमण करते हैं। मेरी तकलीफ का, रोने-धोने का, आर्जू-मिन्नत का उन्हें ज़रा भी लिहाज़ नहीं—सबसे भयानक बात तो यह है कि वे कामान्ध हो जाते हैं तो सारी कोमल वृत्तियाँ उनकी लोप हो जाती हैं। उनका चेहरा भयानक, चेष्टाएँ बीभत्स और क्रूर हो जाती हैं। विरोध करने पर वे जान से मार डालने तक को तैयार हो जाते हैं। सम्भोग की निवृत्ति पर वे निर्मम-पशु की भाँति मुझे एक कूड़ा-कर्कट की तरह पड़ा छटपटाता छोड़ भाग खड़े होते हैं, जैसे मुझसे उनका कभी कोई वास्ता ही नहीं था।"

"परन्तु मेरे दुख की कहानी का यहीं अन्त नहीं है। यद्यपि उनके साथ इस आकस्मिक सम्भोग में मुझे प्राणान्त कष्ट होता है, परन्तु वह मैं किसी तरह सह लेती हूँ। पर बात और भी लज्जा-जनक है। अब आप से क्या कहूँ, ये लड़की के पास आने वाली उसकी सहेलियों पर भी कुदृष्टि रखते हैं। मैं सन्देह और भ्रम की बात नहीं कहती, मैंने छिपकर उन्हें इन लड़कियों को घूरते देखा है। उनकी निर्लज्जता यहाँ तक बढ़ गई है कि वे उनके सम्बन्ध में अश्लील संकेत करते हैं। जिससे मुझे रोना पड़ता है। लड़ाई-झगड़े, कलह, मार-पीट सब हो चुके। होते ही रहते हैं, परन्तु बेकार। अब मैंने एक बात सुनी है। वे वेश्याओं के मुहल्लों में भी चक्कर लगाने लगे हैं। मैंने अपने बड़े लड़के से—जो प्रोफेसर है, जाँच करा कर पता लगाया है। उसने

अपने पिता को वेश्या के कोठे पर चढ़ते देखा है।''

''मैं मरना चाहती थी क्योंकि इस लज्जा और दुःख का भार तो मैं अब उठा नहीं सकती। कौन जाने यह नर-पशु निर्लज्ज किसी दिन अपनी ही पुत्री पर काम-आक्रमण कर बैठे। मैं तो अब उनसे बुरी से बुरी बात भी सम्भव समझती हूँ। इसी से मैंने मरने की कामना बहुत बार की, परन्तु मेरा बड़ा पुत्र बहुत समझदार है। उसी ने मुझे बताया कि बाबूजी को यह कोई बीमारी भी हो सकती है। उसी ने मुझे आपको सब बातें खोलकर पत्र लिखने की सलाह दी। इसी से मैं आपको यह कष्ट दे रही हूँ।''

''क्या ही अच्छा हो कि मैं अभागिन विधवा हो जाऊँ। उनका स्वर्गवास हो जाय। और मेरा कष्ट ही नहीं—मेरी इज्जत और प्रतिष्ठा का खतरा टल जाय। क्या वास्तव में यह कोई बीमारी है? या उन्माद है? या किसी पिशाच ने उनके शरीर में प्रवेश किया है। आप कहें तो मैं उन्हें ज़हर देकर मार डालने तक को तैयार हूँ। फिर परिणाम जो हो सो हो। अब उनका यह व्यवहार मुझे इतना असह्य हो गया है।''

पत्र पढ़कर मेरे दिल को चोट लगी। जिस स्त्री ने एक पति के साथ अड़तीस वर्ष सुख-दुःख में एक साथ रहकर बिताये हैं। ग्यारह सन्तान प्रसव किए हैं, जिनमें कभी आदर्श-प्रेम और दाम्पत्य जीवन था—वह स्त्री अब, इस बुढ़ापे में—जब उसे अत्यन्त शान्त रहना था, इतनी संतप्त हो रही है कि विधवा होने की कामना करती है। पति को ज़हर देकर मार डालने तक का जोखिम उठाने को तैयार है।

मैं नहीं जानता कि सर्वसाधारण को इस सम्बन्ध में कुछ ज्ञान है या नहीं। परन्तु वास्तव में यह एक घातक रोग है जो इस अवस्था में बहुधा पुरुषों को हो जाता है। पुरानी भाषा में पुरुष के इस रोग

को 'बुढ़भस' का नाम दिया गया है।

पत्र में जिस भयानक परिस्थिति का उल्लेख किया गया है। वह निस्सन्देह एक असाधारण और बहुत बड़ी परिस्थिति की दशा का घोतक है परन्तु लगभग ऐसी ही अस्वाभाविक कामवासना बड़ी आयु में बहुत लोगों की भड़क उठती है। जिसका कारण बढ़ी हुई प्रोस्टेट ग्रन्थि हे। यह ग्रन्थि पुरुष की लिंगेन्द्रिय के मूल में होती है और मनुष्य बार-बार सम्भोग करने की प्रबल लालसा में पागल-सा हो जाता है। इस ग्रन्थि के बढ़ने से बहुत से सुखी और शान्त घरों में अशान्ति और झंझट उठ खड़े होते हैं तथा पति-पत्नी के सम्बन्ध टूट से जाते हैं।

आगे चलकर इस ग्रन्थि की वृद्धि पुरुष के लिए बड़ा कष्टकर रोग हो जाता है और अन्त में बहुत ही भयंकर प्रमाणित होता है। साधारणतया यह वृद्धि धीरे-धीरे होती है। तब आरम्भिक दशा में काम-वासना की प्रचण्ड उत्तेजना से पुरुष थोड़ा आनन्द अनुभव करता है, परन्तु मनुष्य जब पचास-साठ की आयु को पार कर चुका हो और अचानक वह उस स्थिति में आ जाय—जिसका संकेत इस पत्र में है, तो वह एक गम्भीर रोग का रूप धारण कर चुका है, यह मानना पड़ेगा।

मैंने सारी बातें खोलकर इस महिला को लिख दीं और ताकीद कर दी कि किसी बहुत ही सुयोग्य स्थानीय सर्जन से उन ग्रन्थियों का जितना शीघ्र सम्भव हो आपरेशन करा डालिए तथा आप अपने पति के साथ उन्हें रोगी समझ कर सहानुभूति और दया व प्रेम का व्यवहार कीजिए। उनका रहन-सहन, भोजन, आदि की व्यवस्था सादा और स्वास्थ्यवर्धक रखिए। उन्हें अधिक शारीरिक और दिमागी परिश्रम न करने दीजिए। आपरेशन के बाद, अच्छा हो कि आप उन्हें एक-दो महीने के लिए किसी स्वास्थ्यवर्धक स्थान में ले जायें, जहाँ उनके शरीर और मन को पूर्ण विश्राम मिले।

बुदो महीने बाद काश्मीर से इस महिला का एक पत्र कुछ कीमती

सौगातों के साथ मुझे मिला। उसमें उन्होंने मेरे प्रति कृतज्ञता प्रकट की और लिखा कि 'आपने मेरा खोया पति लौटा दिया। मेरे सौभाग्य को नया कर दिया। हमारे दोनों के जीवन को बचा लिया। हम नई दुनिया में आ गए, जहाँ प्रेम, शान्ति और सहानुभूति को छोड़ और कुछ नहीं है। हम दोनों पति-पत्नी आपके क्रीतदास हैं।'

पाँचवाँ-पत्र

''मेरी अवस्था तीस वर्ष की है। अठारह वर्ष की आयु थी तभी मुझे बापू की सेवा में साबरमती आश्रम में रहना हुआ। बापू के आशीर्वाद से ब्रह्मचर्य की महिमा का मुझे ज्ञान हुआ और तभी मैंने ब्रह्मचर्य व्रत धारण करने का व्रत किया, पर दुर्भाग्य से मेरा विवाह इससे प्रथम ही हो गया था। मेरी पत्नी स्वस्थ, सुन्दरी और हँसमुख थी। वह एक चंचल स्वभाव की लड़की थी। हँसी-दिल्लगी और काम-वासना सम्बन्धी बातों में उसे बड़ा चाव था। उसे मेरा साबरमती आश्रम में रहना और ब्रह्मचर्य-व्रत धारण करना बिल्कुल पसन्द न था। मैं उसे समझा-बुझाकर साबरमती ले गया। बापू उससे बहुत प्रसन्न रहते थे पर वह मुझे सम्भोग के लिए बहुत तंग करती। ब्रह्मचर्य की बात चलते ही नाक-भौं सिकोड़ कर उसका मज़ाक उड़ाती और कभी-कभी बुरी तरह उत्तेजित होकर रोना-धोना करती। धीरे-धीरे उसका विरोध बढ़ता गया। और उसके विरोध ने रोग का रूप धारण कर लिया। मैंने उसे घर पर पिताजी के पास भेज दिया। घर जाने के थोड़े दिन बाद ही उसके शरीर और मन की सारी स्थिति बदल गई। वह बहुधा उदास और सुस्त बैठी रहती। सिर दर्द की बहुधा शिकायत करती। मिज़ाज उसका चिड़चिड़ा रहने लगा। अब उसकी हालत बहुत अधिक नाजुक हो गई है, वह बात-बात में रो पड़ती है, ज़रा-सी बात भी सहन नहीं करती। मिज़ाज

उसका ऐसा चिड़चिड़ा हो गया है कि गुस्सा आने पर वह बेहोश हो जाती है। ऋतुकाल में खासतौर पर उसकी हालत खराब हो जाती है। बहुधा वह एकाएक बेहोश हो जाती है। उसकी नाड़ी की और दिल की धड़कन बहुत बढ़ जाती है और ज़रा-सा भी खटका वह बर्दाश्त नहीं कर सकती। डाक्टर लोग कहते हैं कि उसे हिस्टीरिया रोग हो गया है, परन्तु कोई दवा उसे लाभ नहीं पहुँचा रही। दिन-दिन उसकी हालत खराब होती जा रही है।''

"मैं अब भी पूज्य बापू के आदर्शों पर रहना चाहता हूँ। ब्रह्मचर्य को मैं बहुत मान्यता देता हूँ। पति-पत्नी भी बिना सम्भोग किए भाई-बहिन की भाँति प्रेमपूर्वक रह सकते हैं। बापू इसके ज्वलन्त उदाहरण थे, परन्तु इधर मेरा स्वास्थ्य भी ठीक नहीं रहता और मेरी साधना का मुझे कुछ भी लाभ प्राप्त नहीं हो रहा। सप्ताह में एक बार स्वप्नदोष हो जाता है। यद्यपि खान-पान और विचारों को बहुत सात्त्विक रखता हूँ। मैं देर तक परिश्रम नहीं कर सकता। मुझे तीन-तीन दैनिक पत्रों का सम्पादन करना पड़ता है। आप तो जानते ही हैं यह कितना परिश्रम का काम है, पर दस-पाँच मिनट काम करने पर ही मेरा चित्त उदास हो जाता है, मन थका-सा और सुस्त रहता है। किसी काम में उत्साह नहीं रहता। क़ब्ज भी रहता है और शायद इसी से सिर-दर्द भी कायम हो गया है। एक मित्र के कहने से 'इनोज़ फ्रूट साल्ट' मैंने सेवन किया था, शुरू में कुछ ठीक रहा पर अब उससे मुझे कुछ लाभ नहीं हो रहा। भोजन भी मुझे ठीक-ठीक नहीं पचता। पत्नी मेरे पास रहना पसन्द ही नहीं करती, इससे खाने-पीने की व्यवस्था ठीक नहीं रहती है। इधर कुछ दिनों से पेट में दर्द रहता है, पीठ में चमक उठती है, दिल की धड़कन बढ़ गई है पतले दस्त आने लगते हैं, हाथ-पाँव में जलन रहती है। नींद भरपूर नहीं आती। बुरे-बुरे स्वप्न देखता रहता हूँ। दो-एक बार पत्नी को साथ लाकर रखा, परन्तु एक तो उसके मेरे विचार ही नहीं मिलते, दूसरे वह मुझसे घृणा करती है, बात-बात पर कलह करती है, लड़ती है और मर्जी के खिलाफ ज़रा-सी कोई बात

होने पर बेहोश हो जाती है, बाल विवाह का कुपरिणाम भोग रहा हूँ। क्या आप मुझे कुछ उत्तम सलाह दे सकते हैं? मैं आपका आजन्म ऋणी रहूँगा। आप जानते हैं कि साहित्यिक धनी नहीं होते। सो मैं अपनी तथा पत्नी की चिकित्सा में अधिक रुपया नहीं खर्च कर सकता, कृपया इस बात का ध्यान रखिए।''

इस प्रकार के तो मेरे पास बहुत पत्र आते हैं। जिनमें प्रायः ऐसा ही रोना-गाना होता है। वास्तव में इस प्रकार के लोगों से मुझे कुछ चिढ़-सी हो गई है जो आदर्श के नाम पर प्रकृति के विरुद्ध चलते हैं और रोगों को तथा दुःख को अकारण निमन्त्रण देते हैं। मैंने उन्हें पत्र लिखा—

"आपकी ब्रह्मचर्य की सनक ने आपके जीवन के आनन्द को छीन लिया है। अतः आपको उचित है कि मुझ से सहायता माँगने के स्थान पर आप अपनी ही सहायता करें। आपको यह जानना चाहिए कि जब तक शरीर पूर्ण वृद्धि को नहीं प्राप्त होता, तभी तक ब्रह्मचर्य से लाभ होता है, पर इसके बाद ब्रह्मचर्य सर्वसाधारण के पालन की वस्तु नहीं। महात्माओं की बात जुदा है। भूख-प्यास और नींद ही की भाँति काम-वासना भी स्वस्थ शरीर का स्वाभाविक धर्म है। सच्ची काम-वासना वास्तव में तन्दुरुस्ती की निशानी है। पुराने जमाने के लोगों का कहना था कि वीर्य यदि शरीर से बाहर न निकलने दिया जाय तो वह रक्त में मिलकर शरीर के तेज को बढ़ाता है पर सच्ची वैज्ञानिक बात तो यह है कि यह बात सोलह आना झूठ है। वास्तव में वीर्य यदि शरीर में रह जायगा तो वह मलमूत्र के साथ मिलकर शरीर से बाहर हो जायेगा और उससे मनुष्य को कोई लाभ नहीं पहुँचेगा। जिनकी काम-वासना मन्द हो उन्हें ब्रह्मचर्य से लाभ पहुँच सकता है, परन्तु उत्साही, स्वस्थ पुरुष के लिए तो वह वैसा ही घातक है जैसा आप के लिए। मैंने भी बहुत से ब्रह्मचारियों की बातें सुनी हैं परन्तु वे या तो अर्धनपुंसक हैं या महापुरुष या स्वयं सम्भोगी।''

''स्त्रियों में काम-वासना के अतिरिक्त सन्तान की भी लालसा होती है। सामाजिक बन्धन के कारणों में स्त्री की काम-वासना पर तो वैसे ही बहुत दबाव पड़ता रहता है। फिर जब उसे पति भी आप जैसा 'होपलैस' प्राप्त हो तो उसका जीवन उसी भाँति बर्बाद हो सकता है जैसा आपकी पत्नी का। इतना ही नहीं इसके और भी अधिक घातक परिणाम हो सकते हैं। आप सात्विक जीवन की बातें करते हैं, मुझसे भी लोग कहते हैं कि नाटक, सिनेमा देखने से तथा उपन्यास आदि पढ़ने से युवक-युवतियों में काम-वासना भड़क जाती है, इस पर मेरा आप जैसे लीडरों से साग्रह अनुरोध है कि सरकार पर ज़ोर डाल कर एक ऐसा कानून बनवा लीजिए कि सब युवक-युवतियों को अन्धा और बहरा बना दिया जाय। बिना ऐसा किये उन्हें संसार की छूत से बचा रखना सम्भव नहीं है। अब तो आप ही जैसे आदर्शवादियों की सरकार है, आपको इस काम में दिक्कत नहीं होगी। अलबत्ता इसमें मुझे फिर भी सन्देह है कि उन्हें अन्धे, बहरे करके भी काम के प्रभाव से वंचित किया जा सकता है या नहीं।''

''हाँ, कुछ परिस्थितियाँ ऐसी हैं, जब कि साल भर या छः महीने के लिए ब्रह्मचर्य रखना लाभदायक हो सकता है, पर इसके निर्णय का अधिकार चिकित्सक को है, महात्माओं को नहीं।''

''आपने न केवल फूल-सी कोमल और खुशमिज़ाज पत्नी को हिस्टीरिया जैसे भयानक रोग का शिकार बना दिया है, अपितु स्वयं भी बीजकोष के रोगी बने हैं। मेरा ख़याल है आपके बीजकोष सूख गये हैं और प्रोस्टेट ग्रन्थियाँ फूल गई हैं। अब आप न केवल इसी आयु में वृद्ध होने वाले हैं अपितु घातक और रोगपुंजों के शिकार भी। संक्षेप में—आपने दो-दो जीवन अपनी सनक में नष्ट किए हैं। आप मुझसे सहायता माँगते हैं। पर मैं आप पर इस कदर क्रुद्ध हूँ कि मेरा बस चले तो मैं आपको गोली से उड़ा दूँ।''

मेरा पत्र पढ़कर सज्जन मेरे पास आये और कहा—''मुझे आप

शूट कर दीजिए या मुझे मेरा सुखी जीवन दीजिए।'' साथ ही उन्होंने मेरी हिदायतों के अनुसार रहने का वचन दिया।

इस दम्पती को स्वाभाविक जीवन में लाने में दो वर्ष का लम्बा समय लगा। खासकर बेचारी स्त्री तो बिल्कुल ही बर्बाद हो चुकी थी जब कि अभी उसकी आयु केवल चौबीस वर्ष की ही थी। अन्तिम बार जब वह गोद में फूल से सुकुमार कुमार को लेकर मेरे पास आई तो आनन्द और उत्साह से फूटी पड़ती थी और वे ब्रह्मचारी जी खद्दर की पोशाक में चप्पलें चटखाते पत्नी के अनुगत दास या अर्दली बने साथ थे। मैंने विनोद से पूछा—''कहिये ठीक-ठीक नौकरी बजाते हैं? तनख्वाह तो समय पर वसूल हो जाती है?'' तो हँसकर बोले—तनख्वाह तो घाटे में है। इस तदबीर से तो इनाम इकराम इतना मिलता है कि क्या कहूँ।''

<h2 style="text-align:center">छठा-पत्र</h2>

"इस समय मेरी आयु 28 वर्ष की है। 14 साल की उम्र में मुझे हस्तमैथुन की आदत पड़ गई थी। तीन साल तक बहुतायत से जारी रही। 17 साल की उम्र में छूट गई, परन्तु कभी-कभी सुस्ती, उदासी और मितली रहने लगी। कहीं मन न लगता था। पढ़ना छूट गया। 24 साल की उम्र तक स्वप्नदोष होता रहा। कभी हफ्ते में एक बार और कभी तीन बार तक हो जाता था। 24 साल की उम्र में विवाह हुआ, परन्तु मैं सम्भोग करने के योग्य नहीं रह गया था। पत्नी अब मायके हैं, मेरे यहाँ आने से इन्कार करती है और उसे मुझसे घृणा है। मैं अपनी करनी पर पछता रहा हूँ और चाहता हूँ किसी तरह खोया हुआ जीवन मुझे फिर मिल जाय। मेरी पत्नी बड़ी सुन्दर और सुशील है। मैंने अपनी अज्ञानता से अपने को उसके योग्य नहीं रखा। क्या आप मुझे कुछ आशा दिला सकते हैं? क्या आप मुझे इस लज्जाजनक स्थिति से उबार सकते हैं?"

इसमें कोई शक नहीं कि हस्तमैथुन की लत बहुत पुरानी है और इसने सहस्रों युवकों की उठती हुई जवानी को तबाह कर डाला है। यह भी सच है कि इस की बातें बहुत विकृत करके और बढ़ाकर कही जातीं हैं। फिर भी इस बात से इन्कार नहीं किया जा सकता कि बहुत से

दुःखी जोड़ों के दुःख का कारण यही गन्दी लत है। हकीकत यह है कि विवाह हो जाने तक भी बहुत से पुरुषों को यह पता नहीं लगता कि सच्चे सम्भोग में होता क्या है? और वह किस प्रकार अपने हाथों से अपने को अयोग्य बनाता रहा है तथा इस गन्दी आदत से अपने सारे जीवन की एकता को खतरे में डालता रहा है।

सब लोगों को यह जानना चाहिए कि सम्भोग केवल शारीरिक क्रिया ही नहीं है। मनुष्य के हृदय को उत्साहित करने वाले मानसिक विचार और भावनाएँ सम्भोग की शारीरिक मशीन में गति उत्पन्न करती हैं। पुरुष की लिंगेन्द्रिय में चारों ओर स्थानीय रूप से सचेतन ज्ञान तन्तुओं के केन्द्रों और सहायक रचनाओं पर उच्चतर मस्तिष्क द्वारा अनुभूत भावनाओं और कल्पनाओं का सीधा प्रभाव पड़ता है। यद्यपि पूर्ण आयु के स्वस्थ पुरुष का लिंग ग्रन्थियों के स्रावों और वीर्य-कीटों के एकत्र हो जाने से भी खड़ा हो जाता है पर यह केवल शारीरिक घटना ही है। इसका मन से कोई सीधा सम्बन्ध नहीं। इसके अतिरिक्त हस्तमैथुन करके रगड़ से अधपके शारीरिक साधनों से भी लिंग खड़ा किया जा सकता है। परन्तु इन सब रीतियों में लिंग को खड़ा होने और ज्ञान तन्तुओं के उत्तेजन से कामान्दोलन पर भारी भार आ पड़ता है। यह जानने योग्य बात है कि इस कामान्दोलन का गुण, अर्थ और शारीरिक मूल्य तत्कालीन अवस्थाओं पर निर्भर है, परन्तु यह एक बात तो निश्चित है ही कि जो स्नायु कामोत्तेजना उत्पन्न करने वाले हैं वे कमजोर पड़ जाते हैं। यदि सच्ची कामोत्तेजना के अवसर पर सच्चा स्त्री-सम्भोग किया जाय तो उसकी प्रतिक्रिया में जिन स्वाभाविक और प्रिय अनुभूतियों का अनुभव होता है उसके बाद स्वाभाविक गहरी नींद और वे सब सम्भोग सम्बन्धी तृप्तियाँ—जिनसे प्रत्येक की तन्द्रा शान्त और स्वस्थ हो जाती है—की उपलब्धि होती है। यह बात अब निर्विवाद रूप से मान ली गई है कि सच्चे सम्भोग में स्त्री पुरुष से और पुरुष स्त्री से जो सूक्ष्म पदार्थ चूसते हैं इसका दोनों के स्वास्थ्यवर्धन पर भारी

प्रभाव पड़ता है, परन्तु हस्तमैथुन में कामान्दोलन के उत्तेजन को तृप्त करने के लिए केवल लिंगेन्द्रिय से सम्बन्धित तन्तुओं को इस ढंग से उत्तेजित किया जाता है कि वीर्यपात हो जाता है। यह उत्तेजन और वीर्यपात भी सर्वथा अस्वाभाविक, कच्चा, रूखा और उस आनन्द और उत्तेजना तथा परिणाम से रहित होता है जो सम्भोग में निहित है। सम्भोग और हस्तमैथुन में मूल अन्तर यह है कि सम्भोग में लिंग का अति सचेतन अग्रभाग केवल स्त्री की योनि की अत्यन्त कोमल, गीली और सूक्ष्म दीवारों से ही रगड़ खाता है। इसलिए यह उत्तेजन बड़ा ही कोमल और सुखद होता है। इससे वीर्यपात की अवस्था धीरे-धीरे आती है। इस सारे काल में लिंग का अचेतन भाग स्वाभाविक नमी और योनि की कोमल खाल से संलग्न रहता है, परन्तु हस्तमैथुन से न तो प्रतिक्रिया उतनी आनन्दप्रद होती है, न उतनी चैतन्य होती है। उलटे इससे लिंग के अग्रभाग में रूखा रगड़ा लगने की आदत हो जाने से वह पुरुष सम्भोग के आनन्द को प्राप्त करने योग्य नहीं रह जाता और पुरुष अधिक कड़े और कच्चे क्षरण का अभ्यस्त हो जाता है। इसके अतिरिक्त हस्तमैथुन में कामवेग को पूरा करने में तीव्र उत्तेजना की आवश्यकता होती है। पुरुष की मनोधारा का प्रेम से सम्बन्ध टूट जाता है और स्त्री योनि की सूक्ष्म रगड़ उसके लिंग का सचेतन अग्रभाग ग्रहण नहीं करता। इसलिए वह स्वाभाविक स्त्री-सम्भोग के योग्य नहीं रहता है और वह हस्तमैथुन उसके विवाह की सफलता की राह में एक भयंकर बाधा बन जाती है। इससे न केवल, मज्जा-तन्तु-जाल पर भारी दबाव पड़ता है, अपितु स्वास्थ्य पर भी प्रभाव पड़ता है और सबसे बड़ा दुर्भाग्य तो उस पुरुष का यह है कि पति-पत्नी की गहरी एकता का मौलिक आधार नष्ट हो जाता है और दाम्पत्य प्रेम जल-भुन कर खाक हो जाता है।

स्कूल के बहुत से लड़कों के जीवन से मैं परिचित हुआ हूँ, जिन्होंने हस्तमैथुन की लत में पड़ कर अपने को नष्ट कर लिया है। उनकी

लिंगेन्द्रिय टेढ़ी और सिकुड़ कर छोटी हो गई। आप जानते हैं कि विवाह की सफलता तो लिंगेन्द्रिय पर ही है और हस्तमैथुन करके लोग विवाह की स्थायी सफलता को खो बैठे हैं।

सब बातें मैंने उक्त युवक को बताई और यह भी कह दिया कि वास्तव में ऐसे रोगियों की चिकित्सा बहुत कठिन और अनिश्चित है–फिर भी भयभीत होने से अधिक हानि हो सकती है।

मैंने उसे कुछ ग्रन्थियों के सत और दवाइयाँ सेवन करने की सम्मति दी और पूरे दो वर्ष तक चिकित्सा और व्यवस्था में रहने पर वह पत्नी में गर्भ धारण करने योग्य हुआ।

सातवाँ-पत्र

''मेरी अवस्था 27 वर्ष है और मैं विवाहित हूँ। मेरा विवाह हुए तीन वर्ष हुए। मैं एक प्रसिद्ध व्यापारी और मिल-मालिक हूँ। मेरी स्त्री बहुत सुन्दरी और सुशीला है और एक साल पूर्व हमें एक पुत्र भी हुआ है, परन्तु मेरी दशा बड़ी लज्जाजनक है। पत्नी के साथ सम्भोग में मुझे बहुत कम आनन्द प्राप्त होता है। उसका आलिंगन करते ही मेरा वीर्यस्राव होने लगता है और कभी-कभी तो प्रवेश से प्रथम ही नहीं तो प्रवेश होते ही एक-दो सैकेंड में ही मेरा वीर्यपात हो जाता है। इससे मुझे बहुत सदमा पहुँचता है और मैं पत्नी के सामने बहुत लज्जित हो जाता हूँ। बहुत दवाइयाँ मैंने खाई पर एक बार भी मैं अपनी सम्भोग-शक्ति को इतना लम्बा न कर सका कि मेरी पत्नी भी सम्भोग के लिए उत्तेजित होकर सम्भोग-सुख का अनुभव कर ले। मैं बहुत यत्न करता हूँ पर आधे मिनट से अधिक वीर्य गिरने को नहीं रोक सकता। इतना भी तब होता है जब कि बिना हिले-डुले चुपचाप पड़ा रहूँ। अधिक उत्तेजना की अवस्था में तो प्रवेश होते-होते ही स्खलन हो जाता है। मैं बहुधा सप्ताह में एक या दो बार सम्भोग करता हूँ। क्या इसके लिए कोई शर्तिया दवा है? या कुछ दिन ब्रह्मचर्य से रहना लाभदायक हो सकता है?''

'विवाह से पहले दुर्भाग्य से मुझे हस्तमैथुन की लत पड़ गई

थी, सम्भवतः उसी ने मुझे इस लज्जाजनक स्थिति तक पहुँचाया है और सच पूछा जाय तो मैं अब सम्भोग करने के योग्य नहीं रह गया हूँ।''

'दुर्भाग्य से इधर मेरी पत्नी का स्वास्थ्य भी बहुत खराब हो गया है। उसी से उसका मिजाज बिगड़ गया है और वह तुनकमिजाज और चिड़चिड़ी हो गई है। डाक्टर लोगों का कहना है कि उसे 'न्यूरस्थीनिया' और 'क्लोरोसिस' हो गया है। बहुत इलाज किया पर लाभ नहीं हुआ। ईश्वर की कृपा से धन-सम्पत्ति की कोई कमी नहीं है, पर इस दुर्भाग्यपूर्ण रोग के रहते मेरा जीवन नीरस और सूखा हो गया है। मुझे इसी की सदा चिन्ता रहती है। संसार के सब भोग मेरे लिए नीरस हो गये हैं। आप से कुछ आशा करूँ?''

उच्चश्रेणी के बहुत से पुरुषों की यही हालत है, यह मैं जानता हूँ। यद्यपि यह रोगी हस्तमैथुन के दोष को स्वीकार करता है, परन्तु सर्वत्र हार का कारण हस्तमैथुन नहीं होता। बात यह है कि लिंग का अग्र भाग बहुत ही सचेतन होता है। उसमें लाखों ही सूक्ष्म तन्तुओं का समावेश है। अतः जो लोग भलीभाँति नित्य साफ पानी और साबुन से लिंग की खाल हटाकर नियमित रूप से उस भाग को नहीं धोते—उन्हें ही यह शीघ्रपतन का रोग लग जाता है। ऐसे रोगी न तो स्वयं ही सम्भोग का आनन्द ले सकते हैं और न पत्नी को ही सन्तुष्ट कर सकते हैं।

मैंने इस रोगी को यह पत्र लिख दिया—

''शीघ्रपतन तो सभ्यता का रोग है।''

''आपकी पत्नी को जो 'न्यूरस्थीनिया' और 'क्लोरोसिस' का रोग हुआ है उसका कारण यह है कि उसकी सम्भोग की भूख सदा अतृप्त रहती है। वह अभी उत्तेजित अवस्था तक पहुँचती है कि आप क्षरित हो जाते हैं। इसकी प्रतिक्रिया आपकी पत्नी पर हुई है और उसके ज्ञानतन्तु दुर्बल हो गये हैं। सम्भोग की विफलता से ये रोग तथा और

भी ऐसे ही भयानक रोग होने की सम्भावना रहती ही है।''

''जहाँ तक ब्रह्मचर्य धारण की बात है, मैं नहीं समझता कि उससे कुछ लाभ हो सकता है। इसलिए आपके लिए निम्नलिखित तज़वीज पेश करता हूँ।''

1. आप स्नान के समय नित्य नियमित रूप से लिंगेन्द्रिय की खाल ऊपर चढ़ाकर साबुन और ठण्डे पानी से उस अंग को भली-भाँति धोकर साफ कीजिए। फिर लिंगेन्द्रिय के ठीक केन्द्र पर पानी की धार धीरे-धीरे छोड़िए। यह अधिक अच्छा होगा कि आप प्रातःकाल की अपेक्षा सायंकाल में स्नान किया करें। ग्रीष्म काल में तो स्नान दोनों ही समय होना चाहिए तथा यह क्रिया भी दोनों समय करनी चाहिए।

2. लिंग को भली-भाँति उपरोक्त विधि से धो लेने के बाद रुई के एक साफ फाहे से निम्नलिखित लोशन से मुण्ड को भली भाँति तर कीजिए और उसी भीगी अवस्था में उस पर खाल चढ़ा दीजिए।

लोशन है—

लिस्टरीन	1 आउन्स
टिंचर आफ बेनजाइन	20 बूँद
फिटकरी पिसी हुई	1 आउन्स
बोरिक एसिड	1/4 आउन्स

फिटकरी और बोरिक को मिलाकर 8 औंस गर्म पानी में घोलिए। जब पानी ठण्डा हो जाय तो लिस्टरीन और बेनजाइन की बूँदे मिला दीजिए। काम में लाने के समय बोतल को हिला लीजिए।

प्रथम सम्भोग में जब शीघ्रपात होकर कच्चा क्षरण हो जाय तब उसी रात को या दूसरी रात को दुबारा सम्भोग कीजिए।

3. साथ ही नीचे लिखा नुस्खा सेवन कीजिए—

असगन्ध, गोखरू, शतावर, विदारीकन्द, बलाबीज; मुलहटी, तालमखाना, कौंच के बीज, सेमल का सूसला, बिधारा के बीज, जावित्री, जायफल, नागकेसर, दाल-चीनी, सतगिलोय, जाफरान, प्रत्येक एक-एक तोला। शुद्ध शहद तीन पाव। सब दवा कपड़छन करके शहद में मिलाइए

और एक तोला रोज रात को दूध के साथ सेवन कीजिए।

4. इच्छाशक्ति भी आप के रोग में सहायता करेगी तथा सम्भोग में उपयुक्त आसनों का उपयोग लाभकारी होगा। सम्भोग की समाप्ति में जितनी देर सम्भव हो लिंग को योनि के भीतर रखिए।

5. पत्नी को प्रसन्न रखिए।

याद रखिए कि बहुत अधिक परिश्रम, चिन्ता या मानसिक अशान्ति आप के लिए हानिकारक है।

मानसिक प्रतिक्रिया का इस पर बुरा प्रभाव पड़ेगा। समय-समय पर मुझे सूचना देते रहिए।

इस रोगी को स्वाभाविक अवस्था में आने में छः सात मास का समय लगा। हाँ, मुझे विवश हो उसे खतना कराने का भी आदेश देना पड़ा।

आठवाँ-पत्र

''हमारे विवाह को अठारह वर्ष बीत गए। इस बीच हमारे सात सन्तान हुईं। ईश्वर कृपा से सब जीवित हैं, परन्तु आपको यह सुनकर शायद आश्चर्य होगा कि अपने इस अठारह साल के वैवाहिक जीवन में मुझे एक बार भी सच्चे सम्भोग का सुख नहीं मिला। संसार के जैसे सब काम होते हैं, उसी भाँति हमारी गृहस्थी चलती रही और जीवन का श्रेष्ठ भाग-युवावस्था—हमारी इस प्रकार बीत गई जैसे सपने की बात हो। कभी भी मैंने यौवन का आनन्द अनुभव नहीं किया, कभी भी जीवन में आनन्ददायक मस्ती नहीं आई।''

''मुझसे अधिक अभागिनी मेरी पत्नी रही। इन अठारह वर्षों में एक बार भी उसने सम्भोग में हिस्सा नहीं लिया। मैं समझता हूँ उसे आज तक यह पता नहीं है कि सम्भोग में भी किसी प्रकार का आनन्द होता है, यद्यपि उसने सात बच्चों को जन्म दिया है। यह तो कहने की बात ही नहीं कि कभी उसने किसी रूप में मुझे उत्तेजित करने की चेष्टा की हो। मैंने जब-जब उसे सम्भोग के आनन्द की वृद्धि के लिए उस आनन्द या उत्तेजना के आन्दोलनों में भाग लेने की चेष्टाएँ कीं—मुझे सफलता नहीं मिली।''

''विवाह के प्रारम्भिक दिनों में वह एक हद दर्जे की शर्मीली युवती बनी रही। काम-सम्बन्धी छेड़-छाड़ को वह कभी पसन्द नहीं

करती थी। पीछे थोड़ा उसका हियाव खुला तो उसने निश्चित रूप से यह मत प्रकट किया कि भोग-विलास एक गन्दी बात है। भली स्त्रियों को यह काम नहीं करना चाहिए। यद्यपि वह सम्भोग से डरती न थी, परन्तु केवल सन्तान-उत्पत्ति के लिए सम्भोग कर लेने की तो अनुमति दे देती थी, बाकी समयों में इस कदर विरोध, ना-नू, चीं-चपड़ करती थी कि मेरा सारा उल्लास ठण्डा पड़ जाता था और ऐसी अवस्था में मैं कभी जबर्दस्ती से भोग करता था तो वह अनुभव करती थी कि उस पर अत्याचार हो रहा है और मैं सम्भोग की समाप्ति में इतना निराश और निरुत्साहित होता था कि जैसे एक बहुत-ही बुरा काम मैंने किया हो।''

''अन्त में जैसा बहुत लोग करते हैं मुझे भी करना पड़ा। पहले वेश्यागमन में मेरी प्रवृत्ति चली और इसके बाद मुझे एक सुयोग मिल गया। मेरे ही आफिस की एक ऐंग्लो इण्डियन लड़की से मेरी मित्रता हो गई और उसके साथ सम्भोग करने से जो सच्चा सुख मुझे मिला उसी ने मुझे अब तक जीवित रखा। इससे प्रथम तक तो मैं ऐसा निराश और उदास रहता था जैसे अस्सी वर्ष का बूढ़ा हो गया हूँ। सात वर्ष तक उस लड़की के साथ मेरी मित्रता रही। पत्नी से मेरा सम्बन्ध सन्तान उत्पन्न करने तक ही रहा। वह भी खुश, मैं भी खुश। इस मित्रता की बात अन्त तक छिपी ही रही। अब मेरे दुर्भाग्य से मेरी उस मित्र लड़की की मृत्यु हो गई। मेरा सच्चा जीवन-साथी ही चला गया। मेरा हृदय शोक और निराशा से परिपूर्ण है। मैं नहीं जानता कि क्या करूँ? यह मैं अपना दुर्भाग्य ही समझता हूँ कि मैं पूर्ण स्वस्थ हूँ और स्वाभाविक कामवेग अभी तक मेरे शरीर में है, सम्भोग का आनन्द तृप्त होकर भोगे बिना मैं रह नहीं सकता। वेश्याओं से सम्बन्ध रखकर स्वास्थ्य और प्रतिष्ठा पर खतरा उठा नहीं सकता और अब इस बयालीस वर्ष के आदमी पर कोई लड़की रीझ कर प्यार करेगी, ऐसी आशा नहीं है।''

''अपनी पत्नी को मैं निस्सन्देह प्यार करता हूँ। वह बड़ी अच्छी

औरत है। आदर्श गृहिणी और माँ है पर ठण्डी पत्नी है। जैसे उसके रक्त में गर्मी है ही नहीं। मैं चाहता हूँ मेरी पत्नी का यह ठण्डापन पिघल जाय उसके हृदय में कामाग्नि सुलग जाय और हम दोनों एक दूसरे को सम्भोग के आनन्द का पूरा-पूरा आदान-प्रदान कर सकें, जिसका सच्चा रस मैं चख चुका हूँ और चाहता हूँ कि मेरी पत्नी भी उसका आस्वादन करे।''

"आप मेरी हँसी उड़ा सकते हैं। इसलिए कि इस उम्र में यह बातें मैं करता हूँ, परन्तु मैं अपनी उम्र पर ध्यान नहीं दे सकता, मैं तो अपने मन की बात करता हूँ। मुझे भूख है तो उम्र की क्या बाधा और मैं अपनी पत्नी को अपनी संगिनी बनाना चाहता हूँ तो इसमें हँसने की बात क्या है। क्या आप मेरी सहायता करेंगे?''

मैं तुरन्त ही असली बात भाँप गया। और मैंने उसे एक स्लिप के साथ पत्र लिखा कि यह स्लिप लेकर किसी लेडी डाक्टर से अपनी पत्नी की परीक्षा करा कर उसकी लिखित रिपोर्ट मेरे पास भेजो, तो शायद मैं कुछ मदद कर सकूँ।

ठीक समय पर उसका उत्तर और लेडी डाक्टर की रिपोर्ट दोनों आ पहुँचे। मैंने जो सोचा था वही बात थी। इस स्त्री के ठण्डी होने का कारण शारीरिक था। उसका 'भगलिंग' बिलकुल ही अविकसित था। स्त्री के सम्पूर्ण ज्ञान-तन्तु-जाल में नाड़ी-चक्रों के केन्द्र बने हुए हैं। जब जब स्त्री की काम-वासना प्रचण्ड होती है तब ये चक्र उठकर काम करने लगते हैं और तब तक इनकी क्रियाशीलता कायम रहती है जब तक कि सम्भोग सम्पूर्ण नहीं हो जाता। इन नाड़ी-चक्रों के दो मुख्य केन्द्र हैं। एक 'भगलिंग' जो योनि-द्वार पर होता है। योनि-द्वार दो होठों से ढका हुआ है। 'भगलिंग' इन होठों के बीच और योनि-द्वार के बाहर होता है। इसकी आकृति बिल्कुल पुरुष लिंग से मिली-जुली होती है। इसका स्थान ऐसे मौके पर है कि सम्भोग काल में पुरुष

लिंग के मूल भाग के साथ इसका सीधा मेल होता है और ज्यों-ज्यों सम्भोग क्रिया की हलचलें चलती हैं इन दोनों का आपस में संघर्ष रहता है–जिससे स्त्री को सम्भोग में पूर्ण उत्तेजना और आनन्द की प्राप्ति होती है! साधारणतया स्त्री में यह नाड़ीचक्र बहुत सम्वादी होता है। स्त्री में पूरी मस्ती उत्पन्न करने का यह एक प्रधान यन्त्र है।

परन्तु कुछ स्त्रियों में इसकी वृद्धि अधूरी रहती है, कुछ में इसका विकास होता ही नहीं है। इन कारणों से स्त्री सम्भोग का आनन्द नहीं ले सकती।

मैंने सब बातें संक्षेप में इन महाशय को बता दीं। और यह भी बता दिया कि अब इस अवस्था में इस अंग का विकास होना सम्भव नहीं है, परन्तु मैंने उन्हें दूसरी राह बताई। पहले कह चुका हूँ कि नाड़ीचक्रों के दो मुख्य केन्द्र हैं। जिनमें एक 'भगलिंग' है, पर दूसरा केन्द्र गर्भाशय की गर्दन प्रदेश में है। मैंने उन्हें स्त्री-योनि की बारीक पेचीदी बनावट भली-भाँति समझाई और उन्हें कुछ खास प्रकार के आसनों से सम्भोग करने की सलाह दी। जिससे गर्भाशय की गर्दन के द्वारा उत्तेजना उत्पन्न की जा सकती थी।

अथक परिश्रम करने पर उक्त महाशय को सफलता मिली और अड़तीस वर्ष की आयु में सात बच्चों की माता उनकी पत्नी ने प्रथम बार सच्चा सम्भोग सुख अनुभव कर आश्चर्य प्रकट किया।

बहुत दिन बाद जब फिर इन महाशय से एक बार मेरी मुलाकात हुई तो उन्होंने हँसते-हँसते अपनी सफलता की कहानी मुझे सुनाई और मैंने उन्हें मुबारकबाद दी।

नवाँ-पत्र

"हमारा विवाह हुए तीन वर्ष बीत गए हैं, परन्तु अभी तक हमें सन्तान नहीं हुई। सभी डाक्टरों की राय है कि हम दोनों पति-पत्नी पूर्ण स्वस्थ हैं और हम में कोई कमी नहीं है। अभी कुछ दिन पूर्व तक मेरे अन्दर प्रचण्ड कामवासना थी। अब भी वह मन्द नहीं है पर मैं पिता कहलाने को तरस रहा हूँ। सम्भोग से मेरी पत्नी सदा सन्तुष्ट हो जाती है। घर वाले मुझे सन्तान के न होने के कारण दूसरी शादी करने की चर्चा करने लगे हैं—वे मेरी पत्नी को बाँझ बताते हैं—इससे वह बहुत दुखित है। उसका दुःख मैं देख नहीं सकता। हम दोनों में गहरा प्यार है और हमारी अब एक ही मनोकामना है कि हमें सन्तान-लाभ हो। कृपया कुछ सत्परामर्श दीजिए।"

मैंने उन्हें अपने वीर्य की जाँच करा कर उसकी रिपोर्ट तुरन्त भेजने को लिखा। साथ ही उनकी पत्नी के सम्बन्ध में कुछ प्रश्न किए। रिपोर्ट देखकर ज्ञात हुआ कि वीर्य के कीटाणु अत्यन्त कमज़ोर हैं। यद्यपि उनकी आकृति में कोई दोष नहीं था।

पत्नी में थोड़ी बीजकोष सम्बन्धी विकृति थी, पर यह अतिसाधारण केस था जैसा प्रायः हुआ ही करता है।

मैंने उन्हें 'पेरेन्डीन' की बीस सुइयाँ लगवाने की सलाह दी और

लोह कैलशियम का एक मिश्रण दोनों को दिया। सुइयों की मात्रा भी मैंने नियत कर दी और उनकी पत्नी को 'ओवरी' का एक साधारण निचोड़ सेवन करने को कहा। साथ ही उन्हें नीचे लिखी हिदायतें भी कर दीं।

1. सम्भोग कम से कम एक सप्ताह के अन्तर पर कीजिए।

2. ऋतु-स्नान के बाद आठवें व बारहवें दिन के बीच दो-दो दिन के अन्तर से केवल तीन बार सम्भोग कीजिए।

3. इस नियम का पालन औषध-सेवन समाप्त होने पर होना चाहिए। इस काल में यथासंभव सम्भोग करना चाहिए।

4. साधारण स्वास्थ्य का पूरा ध्यान रखिए भोजन, नींद और परिश्रम नियमित रखिए।

5. कब्ज करने वाले तथा गरिष्ठ भोजन मत कीजिए। फल खूब खाइए। खासकर ताजा नींबू, नारंगी और अंगूर।

6. खूब धूप सेंकिए।

7. इतना श्रम कीजिए जितने में शरीर थक जाय।

तीसरे ही मास इस स्त्री को गर्भ रह गया और यथासमय स्वस्थ बालक का जन्म हुआ।

दसवाँ-पत्र

''तीन वर्षों से मैं प्रदर रोग से पीड़ित हूँ और दिन पर दिन कमजोर होती जा रही हूँ। तबीयत निरन्तर दबी हुई रहती है। न जाने क्या कारण है, मेरी भीतरी जननेन्द्रियों को बहुत जल्द सर्दी लग जाती है, और बेरंग का चिपचिपा दुर्गन्धित पानी-सा निकलने लगता है। बहुत दिन तक मैंने 'डूश' लिया और अनेक लेडी डाक्टरों का इलाज कराया, परन्तु कोई लाभ नहीं हुआ। उल्टे कमर और पिंडलियों का दर्द बढ़ गया।''

'इस बीमारी ने मुझे एकदम थका डाला है और किसी भी काम में मुझे उत्साह नहीं मिलता। तिस पर मेरे सिर पर एक और विपत्ति यह है कि मेरे पति वक्त-बेवक्त मुझे तंग करते रहते हैं। वे बलात्कार करने से भी नहीं चूकते। बलात्कार की बहुत बात मैं सुनती थी। अब यह अनुभव करती हूँ कि वास्तव में बलात्कार कितना कष्टकर होता है। मेरे 'ना' कहने से वे बिगड़ते हैं और मार-पीट करने पर आमादा हो जाते हैं।''

'हाँ, कभी-कभी पेशाब में जलन और योनिद्वार में असह्य खाज होती है, जिससे मैं बहुत कष्ट पाती हूँ। उस समय तो मुझे उनका जोरो-जुल्म बिलकुल असह्य और महाकष्टदायक हो जाता है। मैंने

मायके जाने की बहुत चेष्टा की, पर वे भेजते नहीं हैं। कृपया मुझे सहायता पहुँचाइए।"

पत्र पढ़कर मेरे कान खड़े हुए और मुझे शक हुआ कि अवश्य ही यह उनके पति महाशय का प्रसाद ज्ञात होता है। सम्भव है उन्हें कभी सुज़ाक की बीमारी हुई हो और उसी की गन्दी छूत उन्होंने पत्नी में लगा दी हो। यह ऐसी भयंकर बात है और इतनी आसानी से इसकी छूत लग जाती है कि देखकर अफ़सोस होता है।

मैंने खोद-खोद कर बहुत-सी बातें पूछीं। और एक बार इस महिला के पति से भी मुलाकात की। यह जानकर दुःख हुआ कि उन्हें सुज़ाक की बीमारी हुई थी और थोड़ी-बहुत अब भी है।

यह बात निर्विवाद है कि बिना गन्दी स्त्रियों के संसर्ग से ऐसी गन्दी बीमारियाँ नहीं लगतीं। किन्हीं कारणों से जब मनुष्य का उद्वेग ठीक-ठीक रीति से शान्त नहीं होता तो मनुष्य वासना-तृप्ति के खतरनाक तरीके काम में लाता है। इससे जो रोग जननेन्द्रियों में होते हैं वे ऐसे भयानक हैं कि जिनकी याद ही से आदमी भय से थर्रा जाता है। इन रोगों से न केवल उस आदमी का जीवन भार हो जाता है और वह संसार के सब सुखों से वंचित हो जाता है प्रत्युत वह पीढ़ियों तक अपनी सन्तानों को अपनी भूलों पर शोकपूर्ण पश्चाताप करने का अवसर दे जाता है।

सुज़ाक ऐसा ही एक गन्दा रोग है और यदि उसका साधारण प्रभाव स्त्री पर हो तो उसे प्रदर हो जाएगा।

यों प्रदर स्त्रियों की एक आम बीमारी है। स्वस्थ स्त्री का योनि-मार्ग एक खाली थैली के समान होता है, उसके भीतर की ओर गीला रखने के लिए कुछ नमी भी रहती है पर उसका स्राव बाहर नहीं जाता। परन्तु सौ में से पचानवे स्त्रियों के योनि-मार्ग से कुछ न कुछ स्राव बाहर निकलता ही रहता है और वह भिन्न-भिन्न प्रकार का होता है।

कभी तो वह पानी के समान पतला, कभी लेसदार, रंगीन, दुर्गन्धित और कभी रक्त रूप में होता है। अधिकतर यह स्राव फोड़े से गिरने वाले मवाद के समान पीले रंग का होता है। कभी-कभी हरे रंग का भी दाग कपड़ों पर पड़ता है। यह दुर्गन्धित होता है। इसकी उत्पत्ति योनि-मार्ग एवं गर्भाशय से है। जो स्राव पानी के समान होता है, वह कभी-कभी आधा सेर तक होता है तथा कभी-कभी अण्डे के सफेद भाग के समान पारदर्शक और चिकना दूध के रंग का स्राव होता है। जो स्राव दूध के रंग का होता है उसे योनि-मार्ग से निकला हुआ और जो साफ जल के समान होता है उसे गर्भाशय के मुख से निकला समझना चाहिए। बहुधा यह स्राव मासिक धर्म के प्रथम या बाद में कुछ दिन हुआ करता है, परन्तु कभी-कभी निरन्तर जारी रहता है। जब वह बाहर तक न बह कर योनि-मार्ग के मुख पर आकर ही सूख जाता है तब एक प्रकार की खुजली उत्पन्न करता है। कभी-कभी इस स्राव के साथ रक्त भी जाता है। इस स्राव का मूल कारण बीज-वाहक नालिकाओं में, गर्भाशय में, अथवा योनि-मार्ग में से किसी एक से होता है। इन सब स्थानों में सुज़ाक रोग के कीटाणु पहुँच सकते हैं। स्राव में यदि सुज़ाक का असर है तो स्राव पीले रंग का होगा। योनि-मार्ग में जो द्रव होता है वह अल्प होता है, इसी से उसमें रोग-कीटाणु मर जाते हैं। यह द्रव उन कीटाणुओं द्वारा पैदा होता है जो योनि-मार्ग में स्वभावतः होते हैं। जब सम्भोगकाल में योनि में वीर्यपात होता है तब यह अम्ल-द्रव्य कम हो जाता है और उस समय रोगाणुओं के बढ़ जाने का खतरा रहता है।

मैंने इस महिला को सुहाते गर्म पानी में बैठने की सलाह दी तथा पोटाश परमेग्नेट 1/1000 अंश के घोल की पिचकारी लेने को कहा।

इसके बाद दो प्रतिशत सिलवर नाइट्रेट के पानी में रुई तर करके योनि धोने को कहा। और जब तक स्राव न बन्द हो निरन्तर दिन में दो तीन बार योनि धोने की सलाह दी।

परन्तु सबसे प्रथम मैंने दोनों पति-पत्नी को पाँच लाख यूनिट पैन्सलीन दिलाया।

इससे यह महिला स्वस्थ हो गई। तब दो मास इसे मैंने सुपारीपाक सेवन करने की तथा सम्भोग से सर्वथा दूर रहने की सलाह दी।

इस प्रकार कोई साढ़े तीन मास में यह महिला रोगमुक्त हुई तथा पति-पत्नी में फिर स्वाभाविक सम्बन्ध स्थापित हो गए।

ग्यारहवाँ-पत्र

"हम पति-पत्नी परस्पर एक दूसरे से पूरी तौर पर सन्तुष्ट हैं और जहाँ तक मेरा विश्वास है हम दोनों हर तरह से स्वस्थ हैं। सम्भोग काल में हम दोनों ही समान भाव से तृप्त हो जाते हैं और हमें पूर्ण आनन्द प्राप्त होता है, परन्तु सम्भोग की समाप्ति के तुरन्त बाद ही हमारी सारी मनोवृत्ति बदल जाती है। सम्भोग हमारा सम्पूर्ण हो चुका होता है, लिंग सिकुड़ जाता है और हम लोग अलग-अलग पलंग पर तुरन्त पृथक होकर सो जाते हैं। मेरी पत्नी तो तुरन्त ही मुँह फेर लेती है और मुझे भी फिर वह अच्छी नहीं लगती। शीघ्र ही मुझे नींद आ जाती है और उस दिन सुबह मेरी पत्नी देर तक सोती रहती है। उसके शरीर में आलस्य भरा रहता है, पर मुझे यह बिल्कुल पसन्द नहीं। उसकी प्रत्येक चेष्टा मुझे चिढ़ाने और खिझाने वाली होती है। मेरी तबियत गिरी-गिरी-सी हो जाती है पर उसे इसकी कोई परवाह नहीं होती। मुझे आश्चर्य इसी बात पर रहता है कि रात क्या बात थी और अब क्या बात है। मैं बहुधा बक-झक कर लेता हूँ और कभी-कभी तो नाराज होकर समय से पहले ही आफिस की ओर निकल जाता हूँ।"

"निस्सन्देह पहले ऐसा नहीं होता था। पर अब मुझे ऐसा लगता है कि जैसे मेरे भीतर किसी चीज़ की कमी आ गई हो। इस विचार

देखने में यह पत्र साधारण-सा है परन्तु वास्तव में पत्र असाधारण है।
सम्भोग के प्रथम कामक्रीड़ा, प्रेमालाप—कामोत्तेजना की चेष्टाएँ जैसे
रतिवर्धक और महत्त्वपूर्ण हैं वैसे ही सम्भोग के तुरन्त बाद के क्षण
भी अत्यन्त महत्त्वपूर्ण हैं। यहाँ तक कि भावी जीवन का स्वास्थ्य तथा
गार्हस्थ प्रभाव इसी पर निर्भर है।

सम्भोग के ठीक बाद—वीर्यपात होते ही शुरू होने वाला क्षण बहुत
अनमोल है। जिसका बहुधा दुरुपयोग किया जाता है।

उत्तेजना की पीड़ा शान्त होते ही वीर्यपात होने पर पुरुष को पत्नी
से तुरन्त अलग नहीं हो जाना चाहिए। अपितु कोहनी और कन्धे का
सहारा लेकर धीरे से एक बगल झुक जाना चाहिए और फिर कन्धे
को तकिए के सहारे छोड़ देना चाहिए। बगल के रुख उसे इस भाँति
खिसक कर लेटना चाहिए कि लिंग योनि से बाहर न निकलने पाए।
पत्नी के गाल से गाल और वक्ष से वक्ष संश्लिष्ट रहे। कन्धे इस प्रकार
टिके रहें कि दोनों खुली साँस ले सकें। छाती के नीचे के पट्ठे आराम
से स्त्री के पट्ठों के साथ लगे रहें। स्त्री को खूब समझदारी से अपनी
रानों के पट्ठों द्वारा योनि में लिंग को जकड़े रहना चाहिए। दोनों इस
प्रकार अपनी-अपनी करवट लेटे रहें। परिस्थिति ऐसी हो जाय कि वीर्य
योनि में बन्द हो जाय—जिसके मुँह पर लिंग पड़ा हुआ है। इससे अलभ्य
लाभ यह होगा कि दोनों दोनों पति-पत्नी परस्पर के समस्त स्रवित क्षारों
को अपनी-अपनी गुप्तेन्द्रियों द्वारा चूस लेंगे जिनसे दोनों के स्वास्थ्य
को अपार लाभ होगा। चाहिए यह कि इसी हालत में लिपटे हुए दोनों
सो जायें। यह सोना अत्यन्त शान्त और परस्पर की गहरी एकता के
कारण सुखद होगा तथा दोनों की गुप्तेन्द्रियों में बहुत-सी सूक्ष्म अदला-बदली

और हेरफेर होने का समय मिल जाएगा।

यह कभी न भूलना चाहिए कि इस समय स्त्री की योनि में अर्थात् उसके द्वारा पूरी मस्ती अनुभव कर लेने और तृप्ति प्राप्त कर लेने के बाद तथा उसके पति के स्खलित हो चुकने के बाद, पुरुष के क्षरण से गिरा हुआ न केवल वीर्य और सहायक ग्रन्थियों के विविध स्राव ही पड़े होते हैं अपितु उसकी अपनी ग्रन्थियों से क्षरित विशेष रस भी होते हैं जिनका क्षार गुण होता है और जिनमें महामूल्यवान् तत्व मिश्रित होते हैं।

लिंगेन्द्रिय के अगले भाग की सचेतन खाल इन स्रावों में डूबी रहती और आराम से इन कीमती स्रावों को चूसती रहती है।

एक या आधे घण्टे बाद दोनों की जब भी वह पहली नींद टूटे तब आहिस्ता से पृथक् होकर पति दूसरी शय्या पर गहरी नींद सोने को चला जाए।

पत्र लेखक को मैंने यही हिदायतें समझाईं। दो सप्ताह बाद उसका पत्र मुझे मिला उसने अत्यन्त उत्साह से लिखा था कि अब तो प्रातःकाल बिना ज़ोर-ज़ोर से गाना गाए मुँह से रहा नहीं जाता! गुसलख़ाने से मेरे गाने की आवाज़ सुनकर पत्नी हँसती है। हम जब एक दूसरे से बिदा होते हैं तो आँखों ही में एक दूसरे से प्रश्न करते हैं—ओह, अब रात होने में कितनी देर है।

बारहवाँ-पत्र

‘‘मेरी अवस्था अड़तालीस वर्ष की है । और मैं पूर्ण स्वस्थ तथा हट्टा-कट्टा आदमी हूँ । मैं सदा से सख्त परिश्रम करने का अभ्यासी रहा हूँ । मेरा रहन-सहन, खान-पान मर्यादित है । मैं ऐसा अनुभव करता हूँ कि मेरे शरीर में हर पखवाड़े आप ही आप कामोत्तेजना का एक प्रबल आवेग होता है और मुझे अत्यन्त बेचैन कर देता है । इससे मेरी कई रातें बेचैन हो जाती हैं । पत्नी रोगिणी है और सम्भोग सहन नहीं कर सकती । मैं ज़िद करता हूँ तो झगड़ा उठ खड़ा होता है । सम्भोग में उसे बहुत तकलीफ भी होती है यह मुझे स्पष्ट दीखता है परन्तु मेरी यह उत्तेजना दुर्दम्य होती है और निरुपाय होकर मुझे हस्तक्रिया द्वारा अपने को शान्त करना पड़ता है । क्या इस सम्बन्ध में आप मुझे कुछ सहायता प्रदान कर सकते हैं?’’

इस पत्र में एक अत्यन्त गम्भीर और सत्य, भौतिक-वैज्ञानिक प्राणिशास्त्र की महत्त्वपूर्ण घटना का संकेत है, जिसके सम्बन्ध में मेरा ख्याल है कि बहुत से स्त्री-पुरुष अज्ञानी हैं ।

वास्तविक बात यह है कि स्त्री-पुरुष के स्वस्थ शरीरों में ठीक समय पर एक कामोत्तेजना की लहर आती है । स्त्री के शरीर में यह दौरा अट्ठाईस दिन का होता है और उसके बाद चौदह दिन तक रहता

है। प्रायः स्त्रियों को अड़ताईस दिन में ही मासिक होता है और ऋतु स्नान के बाद चौदह दिन तक उनमें काम की लहर हिलोरें लेती रहती है। इस लहर के दो उद्वेग होते हैं और दो दिन उनकी काम की भूख तीव्र रहती है। जब स्त्रियों को मासिक धर्म होता है तब मदन-दमन गोला का केन्द्रीय नाड़ीचक्र, आन्दोलित होने लगता है और इस प्रकार स्त्रियों में प्रतिमास दो बार कामोत्तेजना होती है। नारी-शरीर में मदन-तरंग का यह चढ़ाव-उतार विवाहकालिक दशा के सम्बन्ध में अत्यन्त महत्त्वपूर्ण और मौलिक वस्तु है। इस बात का ज्ञान पुरुषों के लिए बहुत महत्त्व रखता है, पर वे इस बात से प्रायः सर्वथा अनजान हैं।

स्त्रियों की भाँति पुरुषों में भी लगभग मासिक अन्तरों पर इसी प्रकार काम-वासना का उतार-चढ़ाव होता है जैसा कि इस पत्र से प्रकट है।

गहरी वैज्ञानिक खोज के बाद इस बात का पता चला है कि पुरुष के हृदय की धड़कन में मासिक दौरा होता है। चूँकि ये अनियमित रीति से सम्भोग करते रहते हैं, इसलिए उन्हें इसका ज्ञान नहीं होता। परन्तु जब वे स्त्री से दूर रहते हैं, तब वे इस मासिक मदनोदय का अपने शरीर में उसी भाँति अनुभव करते हैं, जिसकी चर्चा इस पत्र में है।

एक बात मैं बीच ही में कहता हूँ। समाज ने एक पत्नी की मर्यादा अवश्य कायम कर दी है, परन्तु व्यवहार में यह सर्वथा झूठी है, क्योंकि व्यभिचार केवल वेश्यागमन तक ही सीमित नहीं है, गुप्त सम्भोगों की और अनैतिक सम्बन्धों की समाज में इतनी भरमार है कि जिनके विषय में कुछ कहना व्यर्थ है।

परन्तु कभी ऐसा काल आए कि स्त्री-पुरुष के जोड़े चिकित्सक और वैज्ञानिक लोग उनके काम-केन्द्रों की बनावट, मदनोदय की समानता और शारीरिक, मानसिक और आत्मिक समता के आधार पर मिलाएँ—तो निस्संदेह संसार से न केवल व्यभिचार उठ जाय अपितु गार्हस्थ्य जीवन के सब गम्भीर दुःखों का अन्त हो जाए।

अब तो प्रायः ऐसा होता है कि पति-पत्नी में जो एक के लिए ठीक है, वही दूसरे के लिए या तो बहुत अधिक है या अपर्याप्त है। क्योंकि स्त्री-पुरुष दोनों की शारीरिक आवश्यकताएँ भिन्न-भिन्न हैं। सामाजिक दबाव और प्रेम उन प्रभेदों को दबाता रहा है—इसके अतिरिक्त मनुष्यदेह में कुछ ऐसी भी क्षमता है कि अपने को अवस्था के अनुकूल बना लेती हैं। और धीरे-धीरे पति-पत्नी के स्वभाव एक से हो जाते हैं, परन्तु एक हद तक। जब स्वभावों में तथा बनावट में अधिक अन्तर होता है, तब बड़ी विषम परिस्थिति आती है। दोनों की सम्भोग सम्बन्धी आवश्यकताओं को ठीक तौर पर पूरा करने वाला प्रबन्ध हो ही नहीं सकता और स्त्री-पुरुष में घोर कलह और अनबन के बीज उग आते हैं।

अनेक स्त्रियाँ पुरुषों के अधिक सम्भोग से दुःखी रहती हैं। अनेक अपने पतियों को नपुंसक समझकर खीझ जाती हैं। हमारे सभ्य समाज में जो पुरुष की प्रधानता है, उससे वह अपने को ज़रूरत से ज़्यादा मर्द समझने लगा है और वह खुलकर अपनी वासना की पूर्ति अनेक रीति से कर लेता है परन्तु स्त्री के लिए बन्धन ही बन्धन है!

यहाँ एक मनोरंजक बात भी कह दूँ। पुरुषों में कामशक्ति की कमी होने पर उसे 'नामर्द' कहा जाता है, पर इसकी जोड़ का शब्द स्त्री के लिए कोष में है ही नहीं।

विवाह के बाद ज्यों-ज्यों समय बीतता तथा आयु बढ़ती है, स्त्री-पुरुष का सम्भोग-सामर्थ्य भी कम होता जाता है। बड़ी उम्र में तो एक पखवाड़े में एक बार सम्भोग ही काफी हो जाता है।

सब बातों पर विचार कर मैं यह निर्णय करता हूँ कि स्वस्थ स्त्री-पुरुष इस प्रकार सम्भोग करें—

तीस वर्ष से कम आयु के जोड़े सप्ताह में पाँच छः बार।

तीस से चालीस की आयु वाले चार-पाँच बार।

चालीस से पचपन तक की आयु वाले दो से चार बार।

पचपन से पचहत्तर वर्ष की आयु वाले एक या दो बार।

सम्भोग की मुद्दत सम्भोग का एक महत्त्वपूर्ण अंग है। यथासम्भव स्त्री-पुरुष दोनों का स्खलन एक साथ होना चाहिए। स्त्री की सोई हुई कामवासना के जाग उठने और उसकी सभी जटिल प्रतिक्रियाओं के आरम्भ हो जाने के पश्चात् भी उसकी तृप्ति के लिए दस से बीस मिनट तक वास्तविक शरीर-संयोग का होना ज़रूरी है। जो पुरुष स्त्रियों को इतना समय स्वाभाविक रूप में नहीं दे सकते हैं, उन्हें अपनी प्रतिक्रियाओं के निग्रह की भी क्रिया सीखनी चाहिए।

यदि दोनों का 'समरत' हो तो एक ही समय में दोनों के स्खलन में दो-तीन मिनट से अधिक नहीं लगेगा।

इसके लिए भिन्न-भिन्न आसन उपयोगी हैं। जिनका चुनाव आवश्यकता और परिस्थिति के अनुसार अपने अनुभव से जोड़ों को चुन लेना चाहिए।

❑ ❑ ❑

www.ingramcontent.com/pod-product-compliance
Lightning Source LLC
LaVergne TN
LVHW041739190726
843493LV00008B/2426